KB167924

사교육 대신 돈 교육하는 엄마의

자본주의 키즈 이야기

사교육 대신 돈 교육하는 엄마의

자본주의 키즈 이야기

황혜민 지음

과연 아이들에게 돈 이야기를 이렇게 대놓고 하는 게 맞을까?

굳이 드러내서 가르치지 않아도 어차피 크면 알게 될 돈이고, 닥치면 다 알아서 배우게 되니 괜히 애들한테 '돈돈'거리지 말라는 주변의 걱정도 많았다. 그러나 굳이 드러내고 가르쳐 주지 않아서, 코앞에 닥치고 나서야 배우려 하니 너무도 힘든 게 나에게는 돈이었고 경제였다.

월급을 받아 돈을 모아 갈 때도, 집을 장만하려 큰돈을 쓸 때도 그리고 돈이 필요해서 은행에서 빌릴 때조차 나는 어떻게 해야 할지 몰라 막막하기만 했다. 어른이 되면 자연스럽게 알게 되는 줄 알았던 돈에 관한 모든 일들이 사실은 공부가 필요하고 지식과 경험이 바탕이 되어야 한다는 것을 어른이 되고도 한참이 지나서야 알았다. 좀 더 일찍 알았더라면 좋았을 것을. 하루라도 빨리 경험해봤더라면 훨씬 나았을 텐데. 누군가 톡 까놓고 속 시원하게 돈에 대한 현실적인 이야기를 해줬더라면 덜 힘들지 않았을까.

자본주의사회에 살면서 한 번도 돈을 공부해 보지 않고 겁 없이 사회에 뛰어들었다. 그 누구도 돈을 배워야 한다고 말해주지 않았기에 필요성을 느끼지 못했다. 너는 그저 아무 걱정하지 말고 공부만 하라는 부모님 말씀에 그런 줄만 알았는데 세상은 내가 한 학교 공부보다 돈에 관한 지식과 지혜를 더 필요로 하는 곳이었다.

'돈 공부'를 해 본 적이 없는 나의 자본주의 성적표는 '0점'이었다. 돈의 양이 문제가 아니라 이해도가 0점인지라 어디서부터 시작해야 할지 몰라 막막하기만 했다. 어떻게 해서든지 평균은 맞추자는 생각에 부랴부랴 돈 공부를 시작했다.

나는 비록 늦게 깨달았지만, 우리 아이들에게만큼은 미리미리 알려주고 싶었다. 돈이라는 것이 살면서 얼마나 중요한지 어떤 영향을 미치게 되는지 일찍 깨닫게 해주고 싶었다.

내가 읽었던 수많은 돈에 관한 책과 경험을 아이들과 나눴다. 돈이 무엇인지 계속해서 이야기를 이어 나갔다. 무조건 돈 많은 부자가 되어야 한다거나 돈을 가지고 투자를 잘하게 되는 방법 같은 이야기가 아닌, 삶에 있어서 돈이 왜 중요한지 그 돈을 어떠한 생각과 마음가짐으로 대해야 하는지를 아이들과 이야기 나눴다.

국어, 영어, 수학 교육만큼이나 아니, 어쩌면 그보다 훨씬 더 중요한 것이 '돈 교육'이라는 것을 깨닫는다. 교육열로 둘째가라면

서러운 서울 목동에 살면서 사교육이 아닌 돈 교육을 하며 오늘도 두 아이와 하루하루를 보낸다. 노란색 학원버스가 4차선 도로에 꽉꽉 차는 이 동네에서 사교육에 흔들리지 않고 아이들과 나누는 돈에 관한 이야기들을 이 책에 담았다.

경제전문가도, 교육전문가도, 그렇다고 돈에 대해 거창한 이야기를 할 만큼 큰 부자도 아닌 평범한 대한민국 엄마인 내가, 우리 아이들만큼은 부디 '돈'이라는 것을 일찍 깨닫게 되었으면 하는 마음에 돈 교육을 시작했다. 오히려 전문가가 아니라 엄마이기 때문에 아이들과 쉽게 나눌 수 있는 이야기가 더 많았다.

나는 비록 자본주의사회에 0점의 성적표를 들고나왔지만, 아이들만큼은 50점이라도 채워서 내보내야겠다는 마음이었다. 돈을 이해하고 알게 되면 나머지 50점은 자연스레 채울 수 있다는 생각이었다. 나 역시 아직 다 채우지 못한 점수를 아이들과 이야기 나누며 함께 채워나가는 중이다. 어쩌면 나보다 아이들이 더 먼저 점수를 채우게 될지도 모르겠다.

술을 처음 배울 때 부모님이나 어른에게 배워야 하듯 우리 아이들이 돈을 처음 배우는 그곳이 다름 아닌 가정이었으면 하는 마음이다. 어른에게 술을 배워야 정신을 바로 잡으려 애쓰며 나쁜 주사가 생기지 않듯 엄마인 그리고 아빠인 우리가 그 누구보다 먼저 아이들에게 돈에 대한 올바른 인식을 심어주면 좋겠다. 무엇보다 돈 공부는 살아가면서 꼭 한 번은 해야 하는 필수교육임을 깨닫길 바란다.

교육이라는 거창한 이름을 붙이지 않더라도 편안하게 돈 이야기 나누고 알아가는 시간을 가졌으면 한다. 그리하여 우리 아이들이 어른이 되었을 때는 부디 돈 때문이라는 원망보다 돈 덕분이라고 말할 수 있는 행복한 사람이 되면 좋겠다.

누군가 단 한 사람이라도 이 책을 읽고 나와 같은 마음으로 아이들과 즐겁게 돈 이야기를 시작한다면 나에게는 더할 나위 없는 기쁨일 것 같다.

황혜민

contents

제5장 부모가 준비해주면 좋을 시기별 머니 플랜

제6장 행복한 아이는 경제 공부로 완성된다

제 1 장

모든 엄마의 마음

내 아이의 행복

"으앙!"

또 운다. 어쩜 눕혀 놓은 지 5분도 되지 않았는데 이렇게 울어대는 건지 도통 알 수가 없다. 새근새근 잘 자는가 싶어 메고 있던 아기 띠를 살며시 풀어 침대 위에 눕혔다. 행여나 안겨 있을 때와 조금이라도 다른 느낌이 들어 깰까 봐 침대에 눕힌 서진이의 몸 위로 한동안 내 몸도 같이 맞닿아 있어야 했다. 한참을 같이 엎드려 기다리다 녀석의 숨소리가 다시 깊어지면 그때야 엉거주춤 뒷걸음질로 침대를 내려올 수 있었다. 그런데 이번에는 내 두 발이 미처 땅에 닿기도 전에 녀석이 깨버렸다.

하…. 정말이지 내가 울고 싶다. 도대체 언제까지 이 짓을 해야 하는 걸까?

백일만 지나면 나아질 거다, 혼자 기어 다니게 되면 체력소모가 많아져서 잘 자게 될 거라는 선배 엄마들의 말만 철석같이 믿고 버틴 날들이었다. 그런데 돌이 다 된 녀석은 아직도 안고 있어야만 잠을 잤다. 낮이고 밤이고 아기 띠를 하고 있어야만 했고, 행여 잠이 들어 바닥에라도 눕히면 어김없이 깨서 울어댔다. 수많은 육아서를 찾아 읽으며 책에서 하라는 대로 해 보기도 하고, 육아 프로그램에서 하는 코칭을 따라 해도 그때마다 애만 잡을 뿐 내 아이한테는 먹히지 않는 방법이었다.

배도 고프지 않은데 모유를 먹이기 위해 꾸역꾸역 삼시세끼와 영양식까지 챙겨 먹는 내가, 마냥 우유를 생산해내는 젖소가 된 것만 같아 서글픈 날들이었다. 이럴 바에야 분유라도 같이 먹이자는 생각이었다. 모유를 놔두고 분유를 먹인다는 미안함에 며칠을 고민했다. 고심 끝에 고르고 고른 분유를 젖병에 타서 서진이 입에 물렸다. 고무 젖병 느낌이 이상한지 고개를 획획 돌리며 거부하는 녀석을 어르고 달래 겨우 목표한 양을 다 먹였다. 우유 한 번 먹이는 일이 진땀까지 뺄 일인가 싶었지만 모유 수유에서 해방될 수 있다는 생각에 이 정도 수고는 기꺼이 하자는 마음이었다. 트림까지 시키고 안도의 마음으로 돌아서는데 서진이는 그때부터 토를 하기 시작했다. 우유를 게워내다 못해 끈적하고 투명한 위액 같은 것이 나올 때까지 모두 바닥에 쏟아냈다.

우유가 안 맞으면 그럴 수 있다, 처음이라 그렇다, 주변 엄마들의 조언을 절대적 지식 삼아 그 뒤로도 시중에 판매하는 거의 모든 종류의 분유와 젖병을 시도해 봤지만, 그때마다 서진이는 어김없이 거부반응을 보였다.

왜 이렇게 힘들까? 다른 아기들은 아무거나 잘 먹고 잠도 잘 잔다는데 왜 이 녀석은 먹고 자는 것 하나마저 이렇게나 힘이 들까?

수많은 책에 나오는 아이가 내 아이가 아님을, 육아 카페에서 아이 잘 키운다는 그 엄마의 아이와 우리 아이가 다름을 그때는 깨닫지 못한 채 마냥 힘들기만 한 날이었다.

영유아 건강검진을 하러 병원에 가는 날이면 의사 선생님은 또래보다 작고 왜소한 아이의 상태를 늘 걱정했다. 이런저런 주의 사항을 알려주며 엄마가 더 신경 쓰지 않으면 안 된다고 옐로카드라도 내밀듯 검사지를 내밀었다.

내가 아이를 잘 못 키우고 있는 건 아닐지, 나 때문에 아이가 제대로 자라지 못하면 어쩌나 하는 생각에 하루 종일 속상했다.

병원만 다녀오면 대역죄인이 된 것 같았다. 이렇게 힘든 일이면 학교에서 <아이 키우기> 과목이라도 개설해서 미리미리 엄마 교육이라도 시켜줬어야 하는 거 아닌가, 왜 이렇게 나를 무책임한 엄마로 만드는 걸까 하는 억지스러운 생각도 해봤다. 이런 억지라도 부리고 남 탓이라도 해야 나의 죄책감이 조금이라도 덜어지는 기분이었다.

불안하고 두려운 마음에 이를 어쩌나 싶어 걱정스러운 눈빛으로 서진이를 쳐다봤다. 내 속을 알 리 없는 녀석은 나와 눈이 마주치자 함박웃음을 지어 보였다.

'그래, 약하고 작으면 어때? 안 아프면 됐지 뭐. 분유 안 먹고 이유식 안 먹으면 밥 먹을 때까지 모유 먹이고, 누워서 안자면 눕혀 달라고 할 때까지 안아서 재우지 뭐.'

이날 녀석의 함박웃음에 넘어가 얼떨결에 해버린 결심이 돌이 한참 지나서까지 이어질 줄 알았더라면 그렇게 쉽게 하지 않았을 텐데. 나는 그렇게 녀석의 미소 한 번에 깜박 속아 유별나다는 소리를 듣는 엄마가 되어갔다.

모든 엄마가 그러하듯 나 역시 아이가 태어나기 전에는 부디 건강하게만 해달라고 빌었다. 나에게 찾아와 준 소중한 생명, 그 자체로 축복이고 감사할 일인데 그 이상을 바라는 건 욕심이라고 생각했다. 소원대로 건강한 아이가 태어나자 이번에는 밥 잘 먹고 잠도 잘 자는 순한 아이였으면 했다. 시간이 흐르자 이번에는 비록 순하지는 않지만, 마냥 예쁜 내 새끼가 다른 아이들보다 더 뛰어났으면 싶었다. 분명 건강하기만을 바랐는데, 아이가 커 갈수록 나의 바람도 커져만 갔다.

대한민국 아니, 전 세계 모든 부모의 바람 중 한 가지만 꼽으라면 나보다 자식이 더 잘되길 바라는 그 마음 하나일 것이다. 나도 그랬다. 내가 누리지 못한 그 모든 것을 녀석에게 주고 싶었다.

이미 상상 속에서는 세상 그 누구보다 훌륭하고 행복하게 자란 아이를 뿌듯해하는 내 모습이 보였다. 건강하게만 해 달라 기도하던 첫 마음에 어느 순간부터 나도 모르게 덕지덕지 욕심을 붙이기 시작한 것이다. 내 아이만은 나보다 좋은 학교 나오고, 나보다 부자가 되고, 부디 나보다 행복하게 살았으면 싶었다. 그날 건강검진 이후 그랬던 것처럼 세상 모든 불안감과 두려움은 내가 다 짊어질 테니 아이는 아무 걱정 없이 웃으며 행복하기만을 바랐다.

원하는 부모를 선택할 기회는 없지만, 원했던 부모가 될 기회는 있다. 아이에 대한 마음이 커질수록 부모라는 이름의 무게도 늘어갔지만 그렇게 내가 바라는 부모상을 아이와 함께 키워가기 시작했다.

2

사교육으로 내몰리는 아이들

"애미야!"

"응? 너 뭐라고 했어?"

"애미야!"

제법 말을 하기 시작할 때쯤 시댁을 다녀오던 차 안에서 서진이가 창밖을 보더니 갑자기 '애미야'라고 했다. 어머님이 나를 '애미야~' 하고 부르시던 소리를 흉내 내는 건가 싶어 마냥 귀여운 녀석의 볼을 사정없이 비벼대며 뽀뽀 세례를 퍼부었다. 운전하던 남편도 룸미러로 뒷좌석을 훔쳐보며 예뻐서 어쩔 줄 모르겠다는 눈빛이다. 얼마를 달려 빨간 신호에 차가 정차하자 녀석이 창밖을 향해 또다시 '애미야!'라고 말했다. 이번에는 손가락도 하나 펴서 무언가를 가리키면서 말이다. 하얗고 짧은 녀석의 손가락 끝으로 시선

을 옮기니 거기엔 맥도날드의 빨간 'M' 간판이 서 있었다.

'오 마이 갓! M을 알아보고 읽은 거였구나!'

아이가 읽은 간판이 한글이었다면 덜 흥분했을까? 수능시험에서 실패한 영어에 대한 나의 한을 네가 이렇게도 빨리 풀어줄 줄이야.

이때부터 모든 부모가 한 번씩은 걸린다는 '내 새끼 천재 병'이 발동하기 시작했다.

남들보다 모유를 오래 먹여서 똑똑한가 싶고, 빨리 재우려고 읽어주던 수백 권의 동화책이 도움이 됐나 싶었다. 예민한 아이들이 똑똑하다더니 역시 어르신들 말씀은 틀린 게 하나 없다며 흥분을 감추지 못했다. 지금까지 밤낮 안고 끼고 있느라 힘들었던 모든 피로가 한 번에 사라지는 것 같았다. 내가 '영재 엄마'가 될지도 모르는데 지금까지 했던 그깟 고생이 뭐가 대수인가 싶었다.

이날 '엠 사건'을 시작으로 아이 교육에 대한 내 마음의 불씨는 활활 타오르기 시작했다. 휴대전화로 영상을 본 적도, 영어교육 비디오를 접한 적도 없는 녀석의 입에서 'M'이라는 단어를 들은 이상 가만히 있을 수가 없었다. 그날부로 당장 더 많은 책을 사다 날랐다. 밤새 중고 사이트를 뒤져 좋다는 책은 죄다 사들이고 다음 날 아이가 눈을 뜨자마자 온종일 영어 노래를 틀어 놨다.

나름대로 육아와 교육에 관한 책을 많이 읽어왔다. 나는 다른 엄마들과 다르게 절대로 흔들리지 않고 아이를 잘 키울 수 있을 거라 자신했었다. 친구가 몇백만 원짜리 교육용 교구를 샀다고 자랑했을 때도, 그 교육을 위해 방문 선생님을 집에 모신다고 했을 때도 부럽기는커녕 속으로 '돈지랄'이라고 생각했다. 사촌 언니네 조카가 영어 유치원을 다닌다는 이야기를 들었을 때는 한글도 모르는 애를 왜 영어 유치원을 보내는 건지 모르겠다며 엄마 욕심이라고 떠들어 대던 나였다. 그랬던 내가 녀석의 그 작고 앙증맞은 입에서 가르치지도 않은 'M'이라는 소리를 듣자마자 그 난리가 났다. 아마 경제적 여유가 조금만 더 있었더라면 나도 당장 교구를 사고 영어 유치원 입학원서를 썼을 것이다.

아이에 대한 기대감과 욕심으로 해가 지날 때마다 무얼 더 해 줄 수 있을까 궁리하는 게 일상이 되었다.

'가만히 보니 옆집 주호 가방은 이 동네 유치원이 아니던데 어디를 다니는 걸까?'

'아침마다 엘리베이터에서 만나는 아랫집 정현이는 놀이터에서 한 번도 본 적이 없네?'

모든 생각이 아이에게 집중되다 보니 자연스레 다른 집 아이들은 어떻게 지내는지 관심이 갔다.

마트에서 장을 보고 집에 돌아오던 어느 날이었다. 놀이터에서 주저앉아 버린 서진이를 기다리느라 잠시 벤치에 앉았다. 벤치 끝에는 아침마다 엘리베이터에서 만나는 정현이 엄마가 앉아 있었다. 어디론가 전화 통화를 하며 으름장을 놓던 그녀는 내가 옆에 앉은 줄도 모른 채 계속 열을 내고 있었다.

"정현이 너 진짜 이럴 거야? 안 돼. 무조건 가!"

전화를 끊고 나니 그제야 내가 앉은 걸 알았나 보다. '안녕하세요, 잘 지내시죠, 요즘 날씨가 너무 좋죠?' 으레 하는 인사를 나누고 평소 궁금했던 걸 물어봤다.

"근데 정현이는 아침마다 엘리베이터에서만 보이고 놀이터에서는 한 번도 못 본 것 같아요."

그러자 정현 엄마는 내가 큰일 날 소리라도 한 것처럼 화들짝 놀라며 말했다.

"어머, 정현이 놀이터에서 노는 거 보시거든 저한테 꼭 말해주세요! 얘 요즘 놀이터에서 놀 시간 있으면 안 되는 애 거든요. 아니 방금도 전화 와서 수학학원 갈 시간인데 오늘만 안 가면 안 되냐고 떼써서 제가 한소리 한 거였어요."

정현 엄마 말에 의하면 정현이는 '수학 영재'에 가까운 아이였다. 그래서 경시대회 준비에 한창인 요즘 같은 시기에는 더더욱 학원을 열심히 가야 하는데 애가 매일 놀고만 싶어 해서 걱정이랬다. 이제 겨우 초등학교 2학년인 여자아이가 친구들이랑 놀고 싶어 하는 건 당연한 게 아니겠느냐고 은근히 아이 편을 들었더니 지금 이 시기를 놓치면 뒤처져서 안 된다고 했다. 그나마 정현이는 수학에만 중점을 두고 있어서 수학학원 3곳과 영어학원, 피아노학원밖에 안 다니지만, 정현이 친구들은 수학, 영어, 논술, 미술, 피아노, 수영, 줄넘기까지 두루 섭렵하느라 더 놀 시간이 없다는 상세한 설명도 덧붙였다. 말하는 정현 엄마도 듣고 있던 나도 일일이 열거되는 수많은 학원 앞에서 숨이 찰 지경이었다. 그리고는 미끄럼틀을 오르락내리락하며 한없이 신난 서진이를 한 번 힐끗 보더니 내게 중요한 비밀이라도 알려주듯 손바닥으로 입 모양을 가리며 말했다.

"옆집에 사는 주호 이번에 OO 유치원으로 옮겼는데 거기 엄청나게 들어가기 힘든 곳인 건 알죠? 서진이도 생각 있으면 말해요. 우리 정현이도 그 유치원 나와서 내가 잘 알아. 생각 있다고 하면 정보 좀 줄게."

아직 코흘리개 녀석을 옆 동네까지 멀리 차를 태워 유치원에 보내야 한다는 사실도, 초등학교에 가면 학원 쫓아다니느라 놀 시간이 없다는 사실도 그저 몇몇 유별난 엄마들의 욕심이라고만 생각했다. 한창 뛰어놀아야 할 아이들이 학원 다니느라 놀 시간이 없다니 안타까운 마음도 들었다. 그런데 정현 엄마 얘기를 듣고 나서 문득 주위를 둘러보니 그날따라 놀이터에는 코흘리개 서진이와 머리를 까딱이며 먹이를 찾는 비둘기 두 마리뿐이었다. 설마 그런 엄마가 몇이나 될까 싶었는데 텅 빈 놀이터에서 혼자 노는 서진이를 보자 갑자기 정신이 번쩍 들었다.

지금이라면 비둘기를 친구삼아 쫓아다니도록 내버려 두는 여유를 부렸겠지만, 난생처음 엄마가 되니 욕심만 커지던 날들이었다. 욕심의 안경을 쓰고 바라보니 모든 일에 조바심 나던 시절이었다.

다시 시간을 되돌릴 수 있다면 나는 정현 엄마의 이야기보다 서진이의 말에 더 귀 기울이는 엄마로 살 텐데. 그 누구보다 내 아이가 하는 말을 귀담아들어야 '진짜 엄마' 역할을 할 수 있게 된다는 것을 그땐 몰랐다.

내가 돈만 많았더라면

정현 엄마의 이야기를 듣고 나니 내가 너무 교육에 무지했구나 싶었다. 분명 책에서는 사교육 따위 하지 않아도 아이는 책 많이 읽고, 엄마가 많이 놀아주면 누구보다 똑똑하게 잘 큰다고 했는데 내가 마주한 현실은 전혀 그렇지 않았다. 이론만 바싹한 현실감 없는 육아를 하고 있다는 생각에 마음이 급해졌다. 하필 그날 놀이터에서 노는 아이가 아무도 없었다는 사실이 괜히 나를 더 부추겼다.

서진이와 같은 다섯 살인 옆집 주호는 그 좋다는 유치원에 다니기 시작했고, 몇백만 원짜리 교구를 샀다던 친구네 아들은 벌써 한글을 줄줄 읽는다고 했다.

돌 때 'M'을 알았던 똑똑한 서진이는 여전히 M만 알고 알파벳은커녕 한글도 읽을 줄 모르는데 뭐가 잘못된 걸까? 내가 너무 책

대로 아이를 키우느라 현실적인 정보가 부족했던 건 아닐까? 그래, 사교육 없이 책만 보고도 명문대 갔다는 애들은 이미 몇 년 전이라서 그 방법이 먹혔던 거다. 지금은 개천에서 용 나기 힘든 시절이니까 책만 읽어서는 절대 안 되는 거였다. 그래서 다들 엄마의 정보력이 중요하다고 입을 모아 외치는 것이라는 결론을 지었다. 당장 정현 엄마에게 전화를 걸었다. 옆집 주호가 다닌다는 그 유치원에 어떻게 들어갈 수 있는지 유치원비는 한 달에 얼마인지 물어봤다.

"네? 한 달에 80만 원이라고요?

아니 무슨 유치원이 한 달에 80만 원이나 한단 말인가. 80만 원도 놀라운데 정현 엄마 말로는 특별활동 수업까지 하면 거기다가 돈이 더 추가된단다. 말문이 막혔다. 아무리 비싸도 그렇지 80만 원이면 남편 월급의 3분의 1인데 아무래도 주호가 다니는 곳은 안 되겠다 싶었다. 당장 다른 곳을 알아봐야 했다. 이대로 또 가만히 손을 놓았다가는 녀석을 진짜 가마니로 만들지도 모를 일이었다.

그날부터 놀이터에 삼삼오오 모여 있는 엄마들이 보이면 얼른 자리를 옮겨 그 옆 벤치에 앉아 귀를 세우느라 바빴다. 고급 정보일수록 지역 인터넷 카페나 커뮤니티에서는 절대 공유되지 않는다는 것을 알았기에 나만 모르는 정보가 있을까 봐 늘 전전긍긍했다. 아이를 위해서라면 유치원은 어디가 좋은지, 학원은 어느 학원에 어떤 선생님이 잘 가르치는지 정보를 찾아야만 했다. 그 누구보다 똑똑한 내 새끼였는데 나의 무지한 정보력으로 뒤처졌다고 생각하니 한없이 미안했다.

돈만 많았더라면 고민 없이 최고의 선생님을 모시면 그만이었을 텐데 내가 돈이 없어서 그런가 싶었다. 지금이라도 다시 일을 시작해서 아이 학비라도 벌까 하는 생각을 하루에도 수십 번씩 했다. 임신하면서 그만둔 직장을 지금 와서 다시 나가자니 이미 '경단녀'라는 꼬리표가 붙어 자신이 없었다. 그래도 잠깐의 꼬리표를 극복하고 나면 아이에게 해 줄 수 있는 게 훨씬 더 많을 것 같았다.

중고 책 사서 빡빡 물티슈로 닦는 대신 펼 때마다 쩍쩍 소리 나는 새 책을 사줄 수도 있지 않을까? 매번 세일 기간을 노리는 대신 언제든지 백화점에 가서 왼쪽 가슴에 브랜드 로고가 보란 듯이 박혀있는 비싼 옷을 입힐 수도 있지 않을까? 늘 놀이터에서 귀동냥하느라 힘들이지 않고 그냥 제일 좋다는 그 유치원에 보낼 수 있지 않을까?

여기까지 생각이 미치자 당장 취직해야겠다고 마음먹었다. 그래, 녀석을 위해서라면 '경단녀'의 두려움이 문제랴. 취직을 하게 되면 아이를 봐줄 베이비시터를 구해야 하니 그들의 월급도 함께 알아보기 시작했다. 그런데 이게 무슨 일인가? 짐짓 계산해 보니 내 월급에서 베이비시터의 월급을 빼고 나면 아이 유치원비마저 빠듯했다. 내가 번 돈이 베이비시터 월급으로 고스란히 들어간다고 생각하니 과연 이게 잘하는 일일까 하는 생각이 들었다. 유치원비는 고사하고 다른 사람 월급 주려고 내가 일해야 하는 아이러니라니.

한숨이 절로 나왔다. 정말이지 그렇게 힘이 빠질 수가 없었다.

결혼 전에는 매달 버는 돈이 부족하다고 생각한 적이 없다. 결혼하고 나서도 맞벌이하니 풍족하진 않지만 그만하면 됐다고 생각했다. 아이가 생기면서 직장을 그만두게 되어 어쩔 수 없이 남편 혼자 버는 외벌이가 되었다. 남들은 외벌이로 어떻게 사냐고 나 대신 걱정을 했지만 나는 크게 부족하다고 느낀 적 없다. 적으면 적은 대로 맞추고 아끼면서 살면 된다는 생각이었다. 그런데 나는 지금 돈이 없어서 아이를 원하는 유치원에 보내지 못하고 있다.

남편 연봉이 1억만 됐어도….

양가 부모님이 돈이 엄청 많은 부자였더라면….

가만히 생각해보니 돈만 많으면 이 모든 게 걱정도 아닌 일들이었다.

똑똑한 내 아이에게 그 좋다는 유치원을 보내지 못한다는 미안함과 능력 없는 엄마가 되어버린 것 같은 죄책감이 나를 괴롭혔다. 영유아 건강검진을 하고 온 그날처럼 나는 또 대역죄인이 된 것만 같은 기분이었다.

아이에게 돈보다 시간 쓰는 일이 훨씬 더 중요함을 안다. 그걸 알면서도 나를 대신할 장난감과 교육 도구를 돈으로 채우고 싶던 지난날이었다. 아이에게는 엄마라는 존재만으로도 그 어떤 좋은 장난감과 훌륭한 선생님이 될 수 있음을 알지 못한 날들이었다.

모든 게 돈 때문이다

생각해보면 유치원뿐만이 아니었다. 돈 때문에 내 자식 입에는 비싼 유기농 재료로 만든 좋은 음식만 넣어주고 내 입에는 아무거나 집어넣었다. 돈 때문에 항상 마음에 드는 물건을 바로 사지 못하고 인터넷 최저가를 찾아 헤맸다.

돈만 많았더라면 이런 불편함도 미안함도 전혀 느끼지 않았을 텐데 돈이 부족하니 이런 일이 생긴 거였다. 그래, 이게 다 돈 때문이다. 돈이 원수라더니 그 말이 딱 맞는구나 싶었다.

아이들은 금방 싫증을 내니까 비싼 새 장난감보다 차라리 중고품이 낫다고 합리화하며 새것보다 중고품을 더 많이 안겼다. 행여 새 상품을 사야 할 일이 있을 때는 밤새 인터넷을 뒤져 최저가 판매처를 알아냈다. 내가 찾은 최저가 사이트를 친구들에게 공유라도 하는 날이면, 어떻게 이런 정보를 찾았냐며 치켜세워주는 말에 어깨가 으쓱하기까지 했다. 역시 나는 알뜰하고 야무진 엄마라고 생각하며 스스로가 뿌듯했다.

그러다 문득 이 모든 게 괜히 돈이 부족해서 하는 변명처럼 느껴졌다. 돈이 많으면 아이가 원하는 새 장난감을 사주고 싫증을 내면 오히려 중고로 팔아도 된다. 돈이 많으면 최저가 사이트를 검색할 시간에 한 번이라도 아이와 더 눈 맞추고 놀면서 행복한 시간을 보내면 되는 것이다.

답을 정해 놓고 보면 모든 게 답에 꿰맞춰 보이듯이 아이의 교육에서 시작한 무수한 고민이 결국은 돈이라는 엉뚱한 결론에 도달하게 되었다. 돈 때문이라는 결론을 내리고 나니 내가 했던 모든 행동이 갑자기 지지리 궁상으로 여겨졌다.

부자가 낡은 신발을 신고 다니면 검소한 것이지만, 내가 다 떨어진 신발을 신고 다니는 건 불쌍한 거였다. 돈 많은 회장님이 매일 같은 디자인 옷을 입는 건 시간 낭비를 줄이기 위함이지만, 내가 매일 똑같은 옷만 입고 다니는 건 눈살이 찌푸려지는 일이었다.

돈이란 그런 것이었다. 가진 자가 아끼면 검소한 것이지만, 없는 자가 아끼면 지지리 궁상으로 보이는 것. 내가 생각했던 모든 알뜰함이 궁색함으로 변하는 순간, 나는 갑자기 초라해졌다.

살면서 단 한 번도 가난하다고 생각해본 적 없다. 그저 평범하게 살아왔다. 부모님이 사업을 하다 망했다거나 빚보증을 잘못 서서 형편이 어려워졌다거나 하는 우여곡절 스토리 하나 없이 평범한 월급쟁이 부모님 아래에서 보통의 삶을 살았다. 사고 싶은 것 다 사고, 갖고 싶은 것 다 가지면서 떵떵거리며 살진 않았지만 다들 그렇게 사는 줄 알았기에 우리 집도 평균 정도라고 생각했다. 엄마는 한 번씩 그 시절을 떠올리며 '그때 우리 참 힘들었다.'라고 회상하지만 정작 나는 가난하다고 느낀 적 없다.

그랬던 내가, 지금 그때의 엄마 마음인 걸까? 참으로 돈이 없구나, 돈이 한참이나 모자라는구나 싶다. 그사이 태어난 둘째까지 보태면 앞으로도 지금보다 나아질 게 없음이 분명했다. 오히려 나아지기는커녕 점점 더 궁핍해질 것 같다는 생각에 덜컥 겁이 났다.

이렇게 평생을 살아야 한다니….

돈을 물 쓰듯 쓰지 않았다. 심지어 물마저 아끼느라 펑펑 써 본 적 없다. 아끼기만 하면 돈이 생기는 줄 알았다. 아니 생기지는 않더라도 모자라지는 않을 줄 알았다. 그런데 나는 지금 돈이 부족하다. 외벌이가 된 남편의 월급만으로는 모든 것을 아이들에게 해주고 싶다던 나의 바람은커녕 당장 필요한 것들조차 이리 재고 저리 재면서 고민한다.

남편 월급은 고정적이라 뻔했고, 두 아이를 맡기고 내가 다시 일하자니 그것도 여의찮았다. 아무리 궁리해도 답이 떠오르지 않아 애꿎은 머리카락만 쥐어뜯는 시간이었다.

말끝마다 돈 때문이라고 이야기하는 사람들은 돈을 벌어서 어디다 쓰길래라며 이해하지 못했다. 나는 절대 '돈돈'거리며 살지 않을 줄 알았다. 그랬던 내가 지금 그 누구보다 돈 때문이라는 핑계를 대고 있다.

돈이 뭐길래 내 자식 입은 입이고 내 입은 주둥이로 만드는 건지, 돈이 뭐기에 나는 매번 그렇게 인터넷 최저가를 찾아 떠도는 건지 나를 비참하게 만든 돈에 관한 공부를 시작하기로 했다. 왜 항상 나만 돈이 없는 건지 당장 그 비밀을 풀고 싶었다.

학교 다닐 때 했던 공부만으로는 돈을 알기에 부족했다. 그렇다고 누가 가르쳐준 적도 없기에 혼자서라도 돈에 대해 배워야겠다는 생각이었다.

살면서 누구나 돈과 부딪히는 경험을 하게 된다. 돈을 마주하게 되는 순간 피하지 않고 제대로 알아보는 시간이 필요하다는 생각이다. 평생 돈 때문이라고 원망하기보다 제대로 배우고 알게 된다면 돈은 또 다른 모습으로 우리의 인생에 들어오게 될 테다. 고민 속에 새롭게 태어날 돈의 진짜 모습을 만날 기회가 찾아왔다. 그렇게 나의 돈 공부는 시작되었다.

제 2 장

돈이 뭐길래

자본주의사회의 민낯을 보다

생각해보니 고3 때 반장이 된 적이 있다. 친구들이 추천하는 이름이 칠판에 적히고 더 이상 후보가 나오지 않자 투표를 시작했다. 후보는 총 4명.

고3 반장은 대학에 가기 위해 쌓는 하나의 스펙 같은 것이라 수시전형을 노리지 않는 이상 꺼려지는 자리이다. 대학입시만으로도 신경 쓸 일이 많은 탓에 반장이라는 무게까지 짊어지기엔 다른 학년보다도 유독 부담스러운 자리이기 때문이다.

나 역시 수시모집을 노리고 있던 터라 조금이라도 입시에서 유리한 위치를 챙길 수 있지 않을까 하는 뻔한 마음에 친구 영미의 추천으로 올라간 후보를 마다하지 않았다. 나를 포함한 4명의 후보 중 우리 반에는 전교 회장 선거에 출마했던 친구가 있었다.

반장과 회장은 단어에서 느껴지듯이 급이 다른 느낌이다. 반장이 친구들 사이의 인기 투표 느낌이라면, 전교 회장은 집에 돈이 좀 있어야 할 것 같고 소위 '느그 아부지 뭐 하시노?' 했을 때 꿀리지 않을 정도의 든든한 백이 있어야만 후보 자리에라도 명함을 내밀 수 있을 것 같지 않은가.

아니나 다를까 목소리 큰 영미의 추천으로 후보가 된 나와는 달리, 칠판에 이름이 적히자마자 담임선생님의 표정부터 달라짐을 느낄 수 있었던 그 친구는 든든한 사업체를 가지고 있던 사장 딸이었다.

나의 고3 생활이 꼬이기 시작했던 것이 이때부터였을까? 학교에 전폭적인 지지를 해 줄 수 있는 능력 있는 사장 딸 대신 내가 반장이 되자 나의 고3 생활은 가시밭길이 되었다. 교실에 들어오는 선생님마다 반장 대신 사장 딸인 부반장을 찾았다.

말로 해야만 아는 것이 아니다. 눈빛과 행동으로 다가오는 차별과 무시를 열아홉의 나는 너무도 외롭고 처절하게 견뎌야만 했다. 매일 아침 학교 가는 길이 너무도 힘겨웠다. 하루에 열두 번도 더 내놓고 싶은 자리였다. 그만두고 싶다는 생각 수백 수천 번은 더 했지만, 도중에 내팽개치는 책임감마저 없는 사람으로 낙인찍히는 건 더 싫었다. 그렇다고 일탈을 감행할 용기는 더더욱 없었기에 꾸역꾸역 하루하루를 버텼다. 그렇게 버틴 고3 시절을 마무리하며 대학 원서를 쓰게 된 어느 날, 담임선생님이 교무실로 나를 불렀다. 어떤 과에 지원하고 싶냐고 묻기에 간호학과에 가겠다고 했다.

원하는 학과나 직업군에 고등학교 3년 내내 국문과, 교사라고만 쓰여 있던 상담일지를 쳐다보다 그제야 고개를 들어 나를 보던 선생님이다. 왜 뜬금없이 생각에도 없던 간호학과를 가고 싶어 하느냐고 물었다. '월급이 괜찮대요. 취직 걱정도 없고 아픈 아이들 돌봐주고 싶은 마음도 있고….' 라고 말하려 했지만 이미 '월급'이라는 첫 마디에 선생님은 "어린 게 무슨 돈을 그렇게 밝히냐?"라며 내 말을 잘랐다. 아이들을 돌봐주고 싶다는 나의 마음은 빛을 보지 못한 채 그렇게 묻혀버렸다. 결국 나는 끝까지 선생님의 눈에 탐탁지 않은 존재로 1년을 마쳤다. 어쩌면 이때부터였는지 모른다. 자본주의사회에서 어떻게 살아가야 하는지를 어렴풋이 알게 된 것은. 고3 시절 대학입시보다 자본주의의 처절함을 먼저 배운 셈이다.

돈 공부를 하겠다고 마음먹고서 돈에 대한 모든 기억을 끄집어내는데 제일 처음 떠오른 것이 고3 시절이었다. 나에게 가장 불행했던 순간이 돈과 관련 있을 줄이야.

존재 자체로 인정받지 못하고 돈이라는 프레임에 씌워져 작고 보잘것없던 스스로가 너무도 싫었던 것일까? 아니면 돈 앞에서 사람들이 어떠한 태도를 보이는지 일찍 알아버린 두려운 마음이었을까? 어제 일처럼 금방 떠올라버린 이때의 기억에 나조차도 당황스러웠다. 그저 행복하지 않은 기억 중에 하나라고만 생각했는데 아무래도 어린 마음에 단단히 상처를 남겼던 모양이다.

자본주의사회에서 돈이 없다는 것은 불행, 상처, 자존감이라는 단어로 연결될 수 있음을 알았다. 얼마만큼 가졌느냐에 따라 썩 괜찮은 사람이 되거나 별 볼 일 없는 사람이 될 수도 있고, 모두가 똑같이 나눠 갖는 평등 사회가 아니기에 옆 사람보다 못나지 않게 발버둥 쳐야 살아낼 수 있다는 것도 깨달았다.

굳이 사전에서 자본주의의 의미를 찾아 외우고 애덤 스미스까지 논하지 않더라도 경험으로 깨닫게 된 이 사회와 돈의 의미들을 노트 한 편에 펜으로 꾹꾹 눌러썼다. 자본주의의 민낯을 정면으로 맞닥뜨린 덕에 도망치지 않고 오히려 더 비장한 각오로 '돈'을 배우자고 다짐했다.

누구나 돈에 관한 아픈 기억이 있을 것이다. 상처와 흉터로 남아 두고두고 인생에서 슬픈 기억으로 자리하고 있을지도 모른다. 돈 때문에 받은 차별, 고생하시는 부모님 모습, 안타깝게 접은 꿈 같은 아픔이 마음 아래에 자리하고 있을지도 모르겠다.

돈에 관한 슬프고 힘든 기억. 행복한 기억으로 바꿔줄 절호의 기회라는 마음으로 돈 공부를 시작했다.

돈 공부를 시작하다

아이의 교육에서 시작되었던 고민이 오직 '돈'이라는 잘못된 결론으로 내려지긴 했으나 일단 원인을 파악했으니 본격적으로 문제를 해결해야만 했다.

지금처럼 유튜브나 소셜미디어가 큰 영향을 미치지 않던 시기였고 공부라면 무조건 책으로만 해야 하는 줄 알았기에 자연스레 책부터 보자고 마음먹었다.

마침 주말이었고 남편과 함께 아이들을 데리고 서점으로 향했다. 평소 같으면 자녀 교육이나 동화책 주변에서 서성거렸겠지만, 이번만큼은 '경제 서적' 코너로 직진했다. 씩씩하고 당당하게 책들을 마주했다. 평소 독서 좀 한다는 생각에 자신만만하던 내 발걸음과는 다르게 매대 위에 각 맞춰 누워있던 책들 앞에서 사정없이 흔들리던 눈동자였다.

환율의 미래, 대한민국 부동산의 미래, 4차 산업혁명 등. 뭐 그리 미래에 대해 할 말이 많은지 예상조차 할 수 없는 제목들을 훑으며 도대체 어떤 것부터 읽어야 할지 감조차 잡지 못했다.

'뭐지? 이렇게나 종류가 많아? 뭐부터 읽어야 하는 거야?' 괜히 이 책 저 책 뒤적이며 애꿎은 푸념만 늘어놓다가 한참을 고민한 끝에 결국은 표지가 예쁘고 제일 쉬워 보이는 두 권을 골라 계산했다. 그리고 그날 밤 아이들을 재운 후 몰래 방에서 빠져나와 단숨에 두 권의 책을 다 읽었다.

공교롭게도 두 권이 모두 부동산에 관한 책이었고 그 책 두 권을 시작으로 부동산으로 돈 공부를 시작하게 되었다. 돈과 경제에 관해서는 여러 분야가 있지만 일단 책을 읽었으니 읽은 분야부터 시작해보자는 마음이었다.

다섯 살 첫째와 이제 막 돌이 지난 둘째를 쫓아다니느라 하루하루가 힘에 부치는 시간이었다. 나 늙어도 좋으니 제발 시간 좀 빨리 흘러가라고 노래 부르며 버티던 나날이었다. 나에게 오롯이 24시간이 주어진다면 아무것도 하지 않고 그저 잠만 자고 싶다고 입버릇처럼 말하던 날들이었다. 그렇게 잠잘 시간도 부족했지만 마음먹은 김에 제대로 공부해 보자는 각오로 덤볐다.

그날 이후 시중에 나와 있는 부동산 책들을 닥치는 대로 읽어나갔다. 처음 접해보는 단어가 너무도 많다는 사실에 책을 읽을 때마다 깜짝 놀랐다. 분명 한국어인데 이해를 할 수 없었다. 책을 다 읽고 나서도 무슨 내용인지 알 수가 없으니 다음 과정으로 나아갈 수가 없었다.

혼자서는 안 되겠다 싶었다. 책을 낸 저자 중에 강의하는 사람이 있으면 쫓아다니며 강의를 들었고, 강의를 듣고 나서는 강사가 내주는 과제들을 어떻게 해서든지 해 보려 노력했다.

아이들이 1순위였던 생활에서 부동산을 1순위로 놓는 180도 바뀐 삶이 시작됐다.

함께 엎드려 그림 그리고 놀이터 쫓아다니며 술래잡기하던 엄마가 갑자기 식탁에 앉아 책과 노트북만 들여다보고 있는 게 이상한지 아이들은 유난히 더 엄마를 찾았다. 당장이라도 다 뿌리치고 두 녀석 껴안고 잠이나 실컷 자고 싶었지만 그럴 때일수록 더욱더 공부에 매달렸다.

쉽지 않았다. 그렇지만 조금만 참고 버티면 내 가족이 편하고 행복한 삶을 살 수 있게 될 거라 믿었다. 두 아이 떼어놓고 집을 나설 땐 늘 마음이 무거웠지만, 지금의 이 고통은 훗날 아이들이 겪게 될 돈 없는 서러움에 비하면 아무것도 아닐 것으로 생각했다.

독하게 매달린 덕분에 어렵던 책의 내용을 하나씩 알아갔다. 책에서 본 용어를 실전에서 듣게 되는 날이면 머릿속에서 폭죽이 팡팡 터지는 것처럼 희열을 느꼈다. 왠지 그들만의 리그라 느꼈던 돈과 부동산의 세계에서 나도 이제는 대화가 된다는 자체만으로도 기뻤다.

부동산으로 어느 정도 대화에 낄 수 있게 되자 이번에는 다른 주제에 관한 책들을 찾아 읽기 시작했다. 금리, 환율, 달러, 주식, 채권, 금 등 익히 듣긴 했지만, 정확히 어떤 관계인지 알지 못했던 것들에 관한 책들을 모조리 뒤졌다. 한번 해 봤으니 이것 역시 부동산처럼 시간이 지나면 귀에 쏙쏙 들어와 이해할 수 있으리라 생각했는데 이번에는 달랐다. 어찌 된 것인지 아무리 책을 읽어도 시간이 지나면 또다시 새롭게 느껴졌다. 이번에는 머릿속에 폭죽 대신 지우개가 가득 들어찬 느낌이었다.

어린 시절 가까이 보고, 멀리 보고, 사시 눈을 떠도 보이지 않던 매직 아이 속 그림처럼 아무리 봐도 이해가 되질 않았다. 결국 한 번에 해결될 일이 아님을 깨닫고 당장 종이로 된 경제 신문 구독을 신청했다. 한 번에 해결되지 않으니 매일 조금씩 익혀보는 걸로 작전을 바꾼 것이다. 인터넷 신문으로도 충분히 기사를 볼 수 있었지만 컴퓨터 메인 화면에는 항상 자극적이거나 원하지 않는 기사가 가장 먼저 보였고, 그런 기사를 읽거나 광고를 클릭하다 딴 길로 새는 바람에 기사 읽는 시간이 길어졌다. 그에 비해 종이신문은 형광펜 그어가며 읽을 수 있어 기억에 오래 남고, 중간에 광고가 끼어들지 않으니 훨씬 효율적이었다. 사실 무엇보다 돈을 들여야 본전 생각에 기사를 하나라도 더 챙겨보지 않을까 하는 마음이 더 컸다.

돈 공부를 시작한 지 얼마 되지 않은 시간이었지만, 공짜보다는 돈을 써야 효과가 있다는 생각이 들었다. 돈이 나의 의지까지 관여

하는구나 싶어 나도 모르게 피식 웃음이 났다.

부동산, 금리, 환율, 달러, 주식, 채권 등…. 지금껏 살면서 나와 상관없는 단어와 상품들이었다. 사람이 살아가는 데 사랑하는 마음과 건강만 있으면 행복할 수 있다고 생각했다. 그러나 공부하면서 알았다. 사랑과 물질. 어느 하나 소홀히 할 수 없는 인생 항목들이라는 것을.

그 사이에서 갈등하고 방황하고 흔들리듯 살아가는 것. 이것이 인생이 아닐까 하는 심오한 생각 해 본다. 흔들리는 인생 안에서 중심을 잡기 위해서라도 두 가지 모두 필요하다. 어느 한쪽으로 치우치지 않기 위해서라도 돈 공부는 필수이다.

돈을 굴리다

이론을 열심히 익혔으니 실전에 돌입할 필요가 있었다. 책을 보고 강의를 들으며 꾸준히 1년이 넘는 시간을 보낸 뒤에 실제 돈을 만나봐야겠다고 생각했다.

레시피만 알고 있다고 맛있는 음식을 만들 수 없듯이 머릿속으로만 떠도는 돈에 대한 지식을 실제 돈으로 만나봐야 했다. 처음 돈 공부를 하기로 마음먹은 것도 사실은 돈이 필요해서 시작한 것이니 언제까지 책상에 앉아만 있을 게 아니었다. 돈은 살아 움직이는 생물과 같기에 내가 보낸 돈이 어떤 모습으로 다시 돌아오는지 확인해야 했다.

한 푼 두 푼 절약해 모아놓은 적금을 해지하고, 첫째가 태어나면서부터 모았던 예금을 탈탈 털었다. 그렇게 모은 돈이 5천만 원이었다. 절대 잃을 수 없는 돈이었다. 누군가에게는 별로 감흥이 없을지도 모를 액수겠지만 나에게는 궁색함과 맞바꾼 돈이었다.

이 돈을 어떻게 해 볼까 고민하다가 공부를 가장 많이 한 부동산에 넣기로 했다. 부동산 가격이 오를지 떨어질지, 앞날은 그 누구도 모르는 것이지만 미래가 아닌 현재 가격이 가치 대비 싸다고 생각되는 물건을 사면 된다는 생각이었다. 무엇보다 다른 종목 대신 부동산으로 결정한 가장 큰 이유는 망해도 실체는 남기 때문이다. 주식은 하루아침에 없어지는 상장폐지가 있지만 부동산은 집, 땅, 건물이 없어지지는 않으니까 말이다. 부동산에서 집이 없어지면 재개발이든 재건축이든 오히려 더 잘된 일이 될 수도 있는 것이었다.

평소 잘 아는 동네에 시세보다 싸게 나온 집이 있어 매수했다. 매매가가 3억이었는데 전세 세입자가 2억 5,000만 원에 살고 있었다. 예전 같으면 온전히 3억이 있어야만 집을 살 수 있다고 생각했겠지만, 자본주의사회에서 통용되는 '레버리지'를 알고 나서는 내가 그 돈을 다 가지고 있지 않아도 가능하다는 것을 배웠다.

내가 집을 사겠다고 하니 주변에서는 세입자가 집을 나가면 전세금을 어떻게 내어 줄 거냐고 걱정했다. 하지만 이미 전세 시세가 2억 7,000만 원이 넘는다는 것을 확인했기에 다음 세입자를 구하면 오히려 투자금을 더 줄일 수도 있겠다는 생각에 더욱더 확신을 가질 수 있었다. 만약 세입자를 구하지 못하면 우리 가족이 들어가서 살아야겠다는 마음이었다. 매매가 3억을 깎고 깎은 돈으로 취득세와 부동산중개료, 각종 세금까지 납부하고 나니 일주일 뒤 '등기권리증'이 집에 도착했다.

누군가는 나의 부동산 취득을 두고 갭투자 또는 투기라고 할지도 모르겠다. 그러나 그때의 나는 그런 개념 없이 공부한 내용을 실천에 옮기는 실행을 저질렀을(?) 뿐이다.

통장을 모아 뒀던 가방을 열어 해지한 적금 통장과 예금 통장을 꺼내고 그 자리에 등기권리증을 넣었다. 저축의 형태로 은행에 모여 있던 돈이 부동산이라는 이름의 투자 형태로 옮겨간 것이다. 같은 돈인데 성격이 완전히 바뀌게 되었다.

내 생애 첫 투자. 첫 돈 굴리기를 이렇게 시작했다.

그 뒤 돈이 모일 때마다 여러 방면으로 돈 보내는 연습을 계속했다. 크든 작든 일단 일정 금액을 모으고 나면 꼭 공부했던 상품에 돈을 넣었다.

주식을 살 때는 일부러 분야를 달리해서 샀다. 펀드도 사보고 달러도 샀다. 모든 분야에 걸쳐 발을 담그고 있다 보니 밑줄 치며 공부하지 않아도 저절로 알게 되었다. 은행에 꼬박꼬박 쌓기만 할 때와는 달리 여기저기 돈을 보냈더니 곳곳에서 경제 소식을 가져다주었다. 모르고 있으려야 모를 수가 없었다.

그러나 돈 공부를 시작한 가장 큰 이유는 돈을 버는 것이었으므로 언제까지나 이렇게 여러 군데로 돈을 보내기만 할 수는 없었다. 여기저기 정찰병처럼 보낸 돈을 한곳으로 모으자고 결론을 내렸다.

'달걀을 한 바구니에 담지 말라'는 오래된 투자 격언을 뒤로 하고 돈이 모일 때까지 분야만큼은 한 곳으로 집중시켜야겠다고 마음먹었다.

매년 〈KB 금융지수 경영 연구소〉에서 '한국 부자 보고서'라는 것을 발표한다. 부자들이 어떤 자산에 비중을 높게 두는지 알면 투자를 한 방향으로 모으는 것에 도움이 되지 않을까 하는 생각에 지금껏 발표된 보고서를 훑어봤다.

2015년부터 발표된 이 보고서에 따르면 단 한 번도 1위가 바뀌지 않았다는 것을 알 수 있는데 그것이 바로 '부동산'이었다. 부자들의 포트폴리오에서 부동산은 항상 가장 큰 비중을 차지하는 자산이었다.

내가 되고자 하는 사람이 있다면 그 사람이 했던 방식을 그대로 따라 하는 게 가장 빠른 방법이라고 배웠다. 성공한 자들이 이미 시행착오를 겪고 나서 알게 된 방법이니 쫓아가는 처지에서는 굳이 다른 방법을 찾을 필요가 없다는 생각이다. 보고서를 읽은 후 나도 그들처럼 부동산으로 돈을 보내기로 결심했다.

은행에서 잠만 자고 있던 돈을 깨우는 과정은 쉽지 않았다. 살면서 한 번도 해 보지 않은 일을 시작하려니 설렘보다는 두려움이 앞섰다. 아직 시작도 하지 않았는데 벌써 주의의 온갖 걱정과 잔소리가 들려왔다. 그런데도 통장에서 자는 돈을 깨워 굴렸다.

작은 종잣돈이 눈밭이라면 구를수록 커지겠지만, 자갈밭이라면 구를수록 작아져 모래알이 될지도 모를 일이었다. 그러나 그동안의 돈 공부가 바탕이 되어 흔들리지 않았고 불안하지 않았다.

살다 보면 내가 알던 것의 틀을 깨야 하는 순간이 온다. 틀을 깬다는 것은 고통이 시작된다는 것과 같은 말이라는 것을 알기에 변화는 늘 두렵다. 그러나 고통이 따르는 순간마다 더 나은 삶으로 성장할 수 있는 기회가 주어지는 것이라는 생각이다.

설령 눈밭이 아닌 자갈밭을 구르게 될지라도 나의 결심이 후회가 아닌 도전으로 남겨지게 될 것이라 믿으며 돈을 굴리기 시작했다.

돈을 아는 엄마가 되다

2016년부터 시작했던 돈 공부가 시간이 지나면서 조금씩 성과를 내기 시작했다. '0점'에서 시작했던 나의 돈 공부 점수가 책과 실전 투자를 통해 한 단계씩 오르고 있음을 느낄 수 있었다. 처음 3년이 지날 때까지는 성과가 없어 조바심이 났다. 한 푼이 아쉬워 돈이 새 나가지 않게 철저히 감시하고, 투자한 상품들이 어떻게 됐나 틈만 나면 들여다보며 안달했다. 열심히 좇았지만 그럴수록 돈은 점점 더 멀리 도망가는 느낌이었다.

어느 날 집 앞 상가에 있는 마트에 갔다. 갑자기 쉬가 마렵다는 서진이를 데리고 화장실로 뛰어가는데 중학교 3학년쯤 되어 보이는 남학생이 화장실 앞에서 통화를 하고 있었다. 바지에 쉬라도 할까 얼른 아이를 화장실에 들여보내고 입구에서 기다렸다.

"야, 맨날 방문 조금 열어놓고 뭐 하는지 수시로 확인한다니까. 지난 토요일에는 애들이랑 축구 한판하고 간다니까 어디서 하는지, 누구랑 하는지, 몇 시에 올 건지, 사사건건 물어보더니 끝나면 태우러 오겠대. 내가 숨이나 쉴 수 있겠냐? 아, 몰라. 나 오늘 집에 안 가. 피시방에서 밤샐 거야. 울 엄마 전화 오면 너희 집에서 잔다고 할 테니까 너도 말 잘해라!"

한껏 짜증 섞인 목소리로 친구와 통화를 하던 남학생은 전화를 끊고 지하에 있는 피시방으로 내려갔다. 터덜거리며 계단을 내려가는 뒷모습을 한참 바라봤다. 그 학생이 왜 집에 가기 싫은지 알 것 같았다. 그리고 곧 깨달았다. 돈도 내가 그렇게 닦달해서 집으로 돌아오기 싫었구나.

돈도 자기를 좋아하는 사람을 좋아한다. 매번 돈 '때문'이라고 탓하는 사람보다 그나마 적은 돈이라도 '있음'에 감사하는 사람에게 돌아간다. 조바심 내고 안절부절못하는 사람보다 믿어주고 지지해주는 사람에게 돈은 돌아간다.

김승호 회장의 《돈의 속성》 제일 첫 구절은 '돈은 인격체다'로 시작한다. 이미 돈의 성격을 깨달은 뒤 책을 읽어서인지 읽는 내내 절절히 공감했다. 돈은 내가 하는 말과 생각을 다 읽고 있다는 것을 이미 그날 화장실 앞에서 깨달았다. 이 사건 이후 돈에 대해 불안함을 버리고 그저 바라보고 응원해주기로 했다. 열심히 공부하고 확신하고 보냈으니 언젠가 나에게 더 큰 눈덩이가 되어 돌아와 줄 거라고 믿기로 했다.

돈을 쓸 때마다 생각도 달리했다. 예전 같으면 '5만 원이나 썼다'라며 나간 돈을 아까워했지만, 이제는 5만 원과 교환한 물품에 대한 감사로 시선을 달리했다. 5만 원과 고기를 바꾼 덕에 우리 가족 맛있는 저녁을 먹을 수 있겠다, 5만 원으로 산 예쁜 이불 덕에 아이들이 포근함 밤을 보내겠다고 마음을 바꿨다. 돈을 쓰면서도 아깝다, 쓰지 말까 했던 부정적인 생각 대신 그로 인해 얻게 된 것의 가치에 더욱 집중하며 참 잘 썼다고 생각을 바꿔 나갔다.

아이를 키울 때 믿음으로 키우라고들 한다. 돈도 아이처럼 키우기로 마음을 고쳐먹고 나니 내보냈던 돈들이 나에게로 하나둘 돌아오기 시작했다. 쫓아갈 때는 그렇게 도망만 다니더니 내려놓으니 조금씩 나를 찾아와 주었다. 덕분에 그동안 자산이 불어났고 무엇보다 돈을 대하는 마음이 달라졌다. 꿈에서라도 돈에 대한 부정적인 마음을 가지지 않았다. 특히 아이들 앞에서라면 절대로 돈을 부정적으로 말하지 않았다.

'돈 때문에 사람 망쳐놨네, 돈이 원수다, 돈 밝히면 못 쓴다, 돈 없으면 서러워 살겠냐.'

돈에 관해 무심코 하는 말 중 긍정의 말이 별로 없다. 아이들 앞에서는 의식적으로라도 돈을 긍정적으로 이야기하는 습관을 들였다. 돈이 원수가 아니라 원수처럼 생각하는 사람이 잘못인 거고,

돈을 밝히는 건 나쁜 게 아니지만, 돈만 밝히는 건 좋지 않으며, 돈 없는 사람을 서럽게 만드는 건 상대방의 잘못된 태도이다. 돈이 문제가 아니라 돈을 가지고 있는 사람에 따라 돈의 성격이 변한다고 아이들에게 알렸다. 돈 때문에 사람이 망하는 게 아니라 돈을 향한 욕심이 그 사람을 망치는 것이다. 돈은 애초에 잘못이 없다.

돈 공부를 하면서 친해진 지인들이 있다. 다들 돈 걱정 없이 살 만큼 여유가 있는 사람들이다. 나는 단 한 번도 그들이 돈을 비판하거나 돈을 욕하는 것을 들은 적이 없다. 돈이 부족했던 시절에도 '이놈의 돈 때문에….'라는 생각은 해 본 적 없다고 했다. 그저 어떻게 하면 돈을 벌 수 있을까 궁리했지 돈이 나쁘다고 생각해 본 적은 결코 없다고 했다. 돈을 좋아했고, 돈이 좋다는 사실을 숨기지 않았고, 열심히 불려 나갈 생각에 힘들었지만 기쁨이었다고 했다. 이렇게 구애하는데 어찌 돈이 외면할 수 있었을까?

"돈 싫어하세요?"라고 물으면 "아니요."라고 답하지만 "돈 좋아하세요?" 하고 물으면 "네."라고 바로 답하는 사람 드물다. 머뭇거리거나 "있으면 좋죠."라는 모호한 답을 한다. 돈이 아마 이 대답을 듣는다면 있어도 그만, 없어도 그만이라는 생각에 그런 답을 하는 사람에게는 돌아가지 않을지도 모를 일이다.

살면서 말을 하지 않았는데 상대가 내 마음을 알아준 적이 과연 있었던가? 스무 살 첫사랑도 말하지 못해서 짝사랑으로 끝이 났고, 삼십 대 어느 날 직장 상사의 말 한마디가 그렇게 섭섭했으나 티를 내지 않았으니 퇴사할 때까지 몰랐을 것이다. 어젯밤 식탁 앞에서 반찬 투정하는 남편에게 화가 났지만 말하지 않았으니 남편은 여전히 내 마음을 알아채지 못했을 것이다.

이젠 돈에 대한 내 마음에 용기 내 볼 차례이다. 적극적인 구애가 아직 힘들다면 고백만으로도 긍정의 에너지가 생길 것이다. 내가 하는 긍정의 말들이 우리 아이들과 주변 사람들의 귀를 흘러 돈에까지 닿게 될 것이다. 그렇게 돌고 돌아 우리 아이들에게 다시 좋은 기운을 전하는 돈이 될 것이라 믿는다.

돈에 붙은 부정의 꼬리표를 떼고 긍정의 예쁜 이름표를 붙여주자. 우리 아이들과 함께 평생 잘 지낼 수 있는 예쁘고 긍정적인 돈 친구 만들어주면 좋겠다.

진작 알았더라면 좋았을 것들

2017년 봄. 남편이 수술을 받았다. 예전부터 조금만 피곤하면 편도가 부어 물도 못 삼키던 남편이 결국은 수술을 받게 되었다. 대수롭지 않게 생각했는데 대학 병원에 입원한 후 전신 마취해야 가능한 수술이었다.

수술 후 한동안 목에서 피가 새어 나와 영 곤욕스러운 듯했다. 안쓰러웠다. 마음 같아서는 이참에 몇 달 회사를 쉬라고 말하고 싶었지만, 현실은 아침마다 잘 다녀오라고 손을 흔들 뿐이었다.

남편이 일을 그만두면 어쩌나 하는 생각해 본 적 없다. 성실하고 책임감 강한 남편이 네 식구 굶기기야 하겠냐며 어떻게 해서든 일을 구할 거라는 막연한 믿음이 있었다. 그러나 수술하고 나니 '남편이 일을 못 하게 되면….'이라는 걱정이 문득 들었다. 안 하는 게 아니라 못하게 되는 상황이 생길 수도 있지 않을까?

일을 못 한다. 월급을 받지 못한다. 수입이 없어 살림살이가 어려워진다. 여기까지 생각이 이어지자 마치 이미 퇴직자라도 된 것 같았다. 준비 없이 은퇴하면 이런 막막함일까? 연금 나오겠지, 그때 되면 돈 좀 모아놓지 않았을까 막연히 생각했다. 그런데 그날따라 괜한 불안감과 두려움이 영 가시지 않았다.

당장 들고 있던 휴대전화로 <국민연금공단>을 검색하고 예상 연금 모의 계산을 했다. 남편과 나의 연금을 합치니 65세부터 매달 130만 원 정도 받을 수 있었다. 2017년 그 당시 노후 최소 생활비가 부부 기준 174만 원, 개인 기준은 104만 원이었다. (국민연금공단 발표 제6차 국민 노후보장 패널 조사, 2022년 현재는 부부 기준 194만7천 원, 개인 116만6천 원)

노후에는 여행도 자주 다니고 맛집도 찾아다니면서 여유롭게 사는 상상을 하곤 했다. 그런데 적정생활비가 아닌 최소 생활비에도 한참이나 미치지 못하는 연금수령액을 확인하고 나니 심란했다. 숨만 쉬어도 174만 원이 필요하다는 말인데 혹시 아프거나 다른 상황이라도 발생한다면….

두려웠다. 살면서 어떤 일이 생길지, 그때마다 얼마의 돈이 필요하게 될지 모르는데 당장 일을 그만두면 기본 생활비조차 빠듯해진다는 사실에 겁이 났다.

두려움은 무지에서 온다고 했던가? 예측할 수 있거나 대비할 수 있다면 두려움의 크기는 작아진다기에 정확하게 계산해 보기로 했다. 살면서 얼마의 돈이 필요할지 일단 적어보기로 했다.

큰 이벤트를 나이대별로 적었다. 노후에 살고 싶은 집 지을 건축비도 넣어보고 아이들의 대학 등록금이나 결혼할 때 보탬이라도 되고 싶은 마음에 그 돈도 적었다. 60세 은퇴 후 85세까지 산다는 가정하에 매달 필요한 생활비도 계산했다.

세계 일주나 남편의 로망인 비싼 외제 차를 제외했음에도 불구하고 필요자금은 25억 원이라는 나 살아생전 만나보지 못할 듯한 액수가 나왔다. 지금이야 강남아파트가 평당 1억이라는 뉴스를 심심찮게 들어서 25억 원에 대한 감흥이 덜하지만, 노후 자금 계산하던 2017년의 25억 원은 지금과는 전혀 다른 느낌이었다. 남편이 벌어오는 월급을 평생 안 쓰고 모아도 만져볼 수 없는 돈이었다. 이건 일을 해서 벌 수 없는 금액이라는 사실을 깨달았다.

잠자는 동안에도 돈이 들어오는 방법을 찾아내지 못한다면 죽을 때까지 일해야 할 것이라던 워런 버핏의 명언을 곱씹을 때마다 슬펐다. 물론 나의 직업이 적성과 맞고, 좋아서 하는 일이라면 축복이겠지만 대다수 사람은 평생 돈이 나오는 항아리가 있다면 굳이 직장에 나가려 하지 않을 것이다. 직업이 일 자체로 즐거움이 되기 위해서라도 돈이 들어오는 시스템은 만들어야 한다는 결론을 내렸다.

여러 개의 파이프라인을 통해 월급 이외의 다른 수입원을 만드는 것도 중요하지만 더 중요한 것은 내가 일하지 않아도 돈이 들어와야 한다는 사실이었다. 평생을 노동에 바칠 수도 없지만 만에 하나 몸이 아프기라도 하면 큰일이니 말이다.

필요 자금을 계산한 후 문제에 대한 답을 찾기 위해 여러 날 고민했다. 정답이 없는 문제였다. 누가 대신 풀어줄 수 없으니 내 상황과 처지에 맞는 해답을 찾아야만 했다.

여태껏 모르고 잘 살았으니 그냥 끝까지 모르는 척 외면하고 싶었다. 그러나 내가 풀지 않으면 우리 아이들도 언젠가 나와 같은 문제로 힘들어하게 되리라고 생각했다. 부모인 내가 먼저 풀고 알려줘야만 했다. 자본주의사회에서 이 문제를 푼 사람과 그렇지 못한 사람의 차이는 잠깐만 주변을 둘러봐도 극명하게 보였다.

내가 원하는 것을 다 누리고 살려면 투자는 선택이 아니라 필수였다. 만약 아이들 교육도, 노후의 근사한 집도, 행여 병에 걸렸을 때 치료도 포기한다면 굳이 투자하지 않아도 될 것 같았다. 그러나 나는 그런 선택을 할 정도로 무심하거나 무소유의 삶을 살 자신이 없는 사람이다. 그래서 무작정 뛰었다. 내가 지금 이 문제를 풀어야만 아이들이 조금이나마 덜 힘들지 않을까 하는 마음으로 악착같이 뛰어다녔다.

여느 날과 마찬가지로 돈 공부를 위해 시댁에 아이들을 맡기고 돌아서던 어느 여름날, 어머님의 목소리가 등 뒤에 닿았다.

"너무 그렇게 애쓰지 마라. 밥 못 먹고 사는 것도 아닌데."

내가 안쓰럽기도 하고 아이들을 놔두고 자꾸 밖을 나가니 걱정과 염려의 마음으로 건넨 말씀이었으리라. 현관문을 닫고 돌아서는데 새까맣게 그을린 발등 위로 눈물이 떨어졌다. 등줄기를 타고 흘러야 할 땀이 눈으로 나오는 것 같았다. 공무원으로 퇴직한 아버님 덕에 남들보다 조금은 더 넉넉한 연금을 받는 어머님은 내 마음을 모른다는 생각에 괜스레 원망스러웠다. 그때 나는 정말로 밥을 못 먹고 살 것 같아서 뛰어다녔다. 은퇴 후 손에 쥐어지는 130만 원으로는 살 엄두가 안 났기에 최저생계비에 한참이나 못 미치는 그 돈으로는 밥도 제대로 못 먹을 것 같아서 그렇게 뛰어다녔다.

진작 알았더라면 좋았을 것을. 노후 자금을 계산해 보고, 살면서 필요한 자금을 미리 계획해 볼 수 있었다면 얼마나 좋았을까 하고 생각한다. 막연히 돈이 많으면 좋겠다고 말하는 대신 그 많음이 얼마인지 정확하게 말할 수 있어야 한다. 내가 필요한 금액보다 1원이라도 더 가진다면 그때 서야 많다고 말할 수 있지 않을까.

남들과 비교하면 돈도 욕심도 끝이 없다. 내 행복을 남과 비교할 수 없듯이 나에게 필요한 금액을 다른 사람과 비교하지 말고 나 스스로 계산하고 정할 수 있어야 한다. 그리고 그것을 만들기 위한 방법을 찾아야 한다. 수많은 포기를 하면서 살았지만, 자식을 키우는 일과 돈은 포기하면 안 된다는 것을 이렇게 알아간다. 잘못 키운 자식을 바라보는 것과 가난으로 얼룩진 삶은 평생 후회할 인생의 문제이다.

필요 금액을 계산하고 방법을 찾는 일. 훗날 아이들에게 알려주기 위해서라도 미루지 말아야 할 과제이다.

내 아이는 돈 조기교육을 시켜야겠다

투자를 배우기 위해 열심히 강의를 들으러 다녔다. 대부분 부동산에 관한 강의였는데 어느 강의 첫 시간 내용이 그동안 고민했던 노후와 필요 자금, 그리고 투자해야만 하는 이유 등에 대한 설명이었다. 단번에 내 마음을 사로잡았다. 가려운 곳을 시원하게 긁어준 강의였다. 5주간의 강의가 끝나고 강사님께 감사 엽서를 썼다. 방향을 제시해주셔서 감사하다는 인사와 함께 우리 아이들이 중, 고등학생이 되면 꼭 이 강의를 듣게 할 테니 그때까지 건강하게 지내십사 진심 어린 마음으로 감사를 전했다.

아이들을 맡겨 놓는 일이 잦아지면서 엄마의 빈자리에 대한 미안한 마음을 물질로 채우는 일이 자주 생겼다. 첫째가 6살 둘째가

3살이었다. 남편은 혼자 아이들을 돌볼 때는 그나마 집 밖에 나가야 시간이 금방 간다며 퇴근 후 매일같이 아이들과 쇼핑몰에 갔다. 그럴 때마다 아이들은 장난감이나 비눗방울, 하다못해 작은 스티커 하나라도 사 들고 돌아왔다.

매번 카드로 결제하는 것을 본 아이들은 '카드'라는 것이 있으면 원하는 것을 다 얻을 수 있다고 생각했던 모양이다. 내가 밖을 나가는 날이면 서진이는 '엄마, 카드 주세요.'가 입버릇이었다. 나는 돈 공부를 한답시고 바쁜데 정작 아이들은 돈을 모르고 있었다.

이제 고작 6살이긴 해도 돈에 대한 개념조차 모르면 안 된다는 생각이었다. 그래서 결심했다. 중, 고등학생이 아니라 지금부터 돈을 제대로 가르쳐야겠다고 마음먹었다. 굳이 나이 들 때까지 기다렸다가 다른 사람 손에 맡기지 말고 어려서부터 하나씩 내가 가르쳐야겠다고 생각했다.

한글도 영어도 심지어 운동까지 조기교육 열풍으로 바쁜데 정작 돈은 왜 조기교육 하지 않을까? 아마도 그 바탕에는 애가 뭘 안다고 돈을 가르치냐는 생각이 있는 것 같다. 돌이켜보면 오히려 한글과 영어를 모르던 걸음마 시절에 이미 아이들은 돈을 알고 있다. 아이가 예쁘다고 어른들이 쥐여주는 용돈에 '감사합니다.' 하고 인사를 시키는 우리가 아니었던가.

아이들에겐 그 어떤 공부보다 돈이 더 친숙하고 재미있을지 모른다. 그리고 이미 돈은 감사한 것이라는 경험을 한 아이들이니 그 어떤 교육보다 쉽고 친근하게 시작할 수 있지 않을까. 빠르면 빠를수록 돈에 대해 훌륭한 인식과 마음가짐을 가질 수 있을 거라는 확신이 들었다. 아이들에게 제대로 돈에 대해 알려주고 싶었다.

그 다음번 외출 전에 서진이와 서윤이가 보는 앞에서 남편에게 만 원짜리 지폐 두 장을 건넸다. 아이들이 들었으면 하는 마음으로 '하나, 둘.' 일부러 큰 소리로 지폐를 한 장씩 건넸다.

그날 집에 돌아온 녀석들의 손에는 아무것도 들려있지 않았다. 저녁을 먹고 솜사탕을 먹고 아이스크림까지 하나씩 먹고 나니 돈이 모자라서 다른 건 사지 못했다는 남편의 설명을 듣고 있던 서진이는 나에게 투정을 부렸다.

"엄마, 돈 말고 카드 주세요. 카드!"

카드가 없어져서 이제는 못 쓴다고, 지금부터는 종이돈만 써야 한다고 설명했더니 그럼 종이돈을 많이 달라고 한다. 종이돈이 많아야 다음번엔 팽이도 사고 동생 좋아하는 핑크색 머리띠도 살 수 있단다. 엄마랑 아빠가 돈이 많아지려면 서진이랑 서윤이를 집에 놔두고 계속 일해야 한다고 했더니 시무룩해진다. 겁이 많은 서진이는 본인이 생각해도 동생이랑 둘만 집에 있는 건 아무래도 안 되겠다 싶었나 보다. 입꼬리를 한껏 내린 채 소파에 앉더니 더 이상 떼를 쓰지 않았다.

마냥 어리게만 생각했는데 이만 원을 가지고 외출한 그날 이후 서진이는 이제 쇼핑몰에 갈 때마다 남편에게 물어본단다. 오늘은 돈 몇 개 있는지, 그럼 그걸로 밥 먹고 아이스크림 먹고 자기가 원하는 것을 살 수 있는지 없는지를.

내가 가진 금액을 파악하고, 우선순위를 정하고, 여윳돈으로 어떤 것을 선택할지 고민하는 과정. 어려운 과정 같지만 여섯 살 서진이가 하는 고민이 이것과 같다.

눈앞에 놓여있는 지폐가 하나씩 사라질 때마다 남은 돈으로 어떤 선택을 해야 할지 머리와 눈알을 요리조리 굴렸을 녀석을 생각하니 귀엽기도 하고 뿌듯하기도 했다. 내가 가진 금액 안에서 가장 좋은 선택(가장 높은 가치)을 할 수 있도록 하는 것. 아이들에게 돈을 가르치기로 결심하고 나서 제일 먼저 알려주고 싶었던 일이다. 이런 일련의 경험들이 쌓이면 훗날 자신에게 가장 알맞은 선택이 어떤 것인지, 가장 높은 가치를 가져다줄 것이 무엇인지 조금은 덜 헤매고 찾아낼 수 있지 않을까? 살면서 부모가 대신 해 줄 수 없는 그 수많은 선택 앞에서 아이들이 조금이나마 덜 힘들고 덜 후회되는 선택을 했으면 한다.

돈으로 시작하는 이 조기교육이 방황하는 선택의 매순간마다 도움이 될 수 있는 공부가 되길 바라는 엄마의 마음이다.

제 3 장

사교육 대신 돈 교육시키는 엄마

비교 없이 아이 키우기

생각해보면 모든 일은 말을 빨리 시작한 두 아이에 대한 욕심에서 비롯되었다. 내 아이 자체로 보지 않고 다른 아이들과 줄을 세우다 보니 더 높이 솟은 것처럼 보였다. 각자 자라나는 시기와 잘하는 것이 다를 뿐인데 다름을 잘남으로 오해했다. 그래서 남들이 하는 것을 따라 하며 무리 속에 아이를 집어넣고 줄을 세웠다.

다른 아이들은 뭐 한다는데, 누구는 무슨 브랜드를 입었네, 옆집 애는 어느 학원에 다니네 하는 전혀 도움 되지 않는 기준들을 들이대고 보니 조바심이 나는 것이다. 아이를 위해 좋은 것을 찾아 헤매다 보니 교육부터 돈에 이르기까지 욕심을 내게 된 것이다.

아이 교육을 위해서라면 무엇이든 마다하지 않는 부모들이다. 어떻게 해서든 공부시켜서 명문대를 보내고 졸업 후 번듯한 직장에 취업해서 보란 듯이 잘 살기만 한다면 그것이 뒷바라지하는 부모로서 최고의 보람이라고 했다. 나 역시 아이가 그런 과정을 밟으면 나의 성공인 것처럼 뿌듯할 것 같았다. 그러나 이런 생각을 완전히 바꾸게 된 일이 있었다.

투자 강의를 들으며 같이 스터디를 하던 사람들이 있다. 다들 이름만 대면 존경의 눈빛을 보내는 학교를 졸업한 전문직이거나 우리나라에서 내로라하는 대기업에 다니는 사람들이었다. 그들은 왜 투자 공부를 하는 걸까? 돈 많이 벌 텐데 굳이 이런 공부를 할 필요가 있나? 최저생계비도 안 되는 노후 연금을 걱정하는 나와는 급(?)이 다른 사람들이었다. 그런 그들의 한결같은 대답은 돈 공부는 해 본 적이 없다는 것이다. 그리고 평생직장이 아니기에 지금부터 준비가 필요하다는 답이었다. 누구보다 열심히 공부해서 명문대를 나와 대기업 취직하면 부자가 될 줄 알았는데 또 공부해야 한다고 했다. 그들의 이야기를 듣고 나니 고민에 빠지게 되었다.

내가 아이에게 교육하는 이유가 무엇인가? 진짜 바라는 것이 무엇이었던 걸까?

'공부를 잘하고, 명문대를 나오고, 좋은 직장에 취업'을 하는 것까지는 가능하지만 '잘' 사는 것까지 이루려면 또 다른 공부가 필요한 셈이었다.

언젠가는 해야 할 공부라는 그들의 말에 좀 더 확신했다. 그렇다면 마지막에 해야 할 공부가 아닌 처음부터 시작하면 좀 더 편안

하고 쉽게 할 수 있지 않을까? 생각이 여기까지 미치자 더욱 용기가 났다. 아이들에게 더 이상 무리한 사교육을 시키지 않기로 결심했다. 조금씩 하고 있던 돈 조기교육을 하면서 더욱 확고한 마음이 생겼다.

좋은 교육도 필요하고 좋은 선생님을 만나는 것도 중요하다. 그러나 무엇보다 본인이 느끼고 깨달을 수 있는 공부가 필요했다. 공부를 '왜' 해야 하는지부터 명확히 짚어나갔다. 남들이 하니까, 안 하면 대학 못 가니까 같은 이유는 이제 더 이상 필요하지 않았다. 공부의 목적을 입시에 두지 않으니 편안해졌다. 아이 스스로 고민하고 선택할 수 있도록 하나씩 수정해 나갔다.

태어나는 순간부터 비교당하는 우리 아이들이다. 가진 게 몸밖에 없는 신생아 시절부터 키와 몸무게 머리둘레까지 전국 백분율로 나뉘어 등급이 매겨지고, 기고 걷고 말하는 순간 해당 개월 수보다 빠르다 느리다 평가받는다. 학습 능력이 생기면 그때부터 뒤처지지 않으려 열을 올린다. 불안해지는 부모 마음이 아이들에게까지 전해지지 않을 리 없다. 그런 불안함을 내려놓기로 했다. 평균을 맞추는 대신 내 아이 본연의 모습 그 자체에 집중하기로 했다.

사람은 본능적으로 대중을 따르는 선택을 하게 마련이다. 대중에 섞이지 않고 다른 방향으로 가고자 할 때는 큰 용기가 필요하다. 본능을 거스르는 일. 아무도 알려주지 않은 외로운 길. 아이들과 걸어가고자 마음먹으면서도 쉽지 않은 결정이었다. 그러나 돈으로 시작했던 이야기와 교육들이 아이들을 조금씩 변화시키고 있음을 알았기에 용기 낼 수 있었다.

새 학기마다 아파트 입구에서 홍보하는 학습지 교사의 현란한 영업에도, 옆집 주호의 시간마다 바뀌는 학원 가방을 볼 때도, 우리 아이들 빼고는 아무도 없는 텅 빈 놀이터를 마주할 때도 흔들리지 않을 수 있었다. 사교육 아닌 돈 교육 시키는 이 길 위에는 아무도 없기에 비교할 대상이 없고, 점수 매겨 평균 낼 일 없으니 잘하는지 못하는지 초조해할 필요도 없다. 어차피 다른 길이니 내가 몇 번째로 가고 있나 하는 걱정이 필요 없다.

아이들과 놀이터에서 실컷 놀다 집으로 돌아온 후 서로의 손을 포개 장난치며 손을 씻는다. 그러다 문득 손안에 든 비누를 보며 그동안의 내 삶은 비누와 같았구나 하는 생각해본다. 옆자리 누군가와 비교할 때마다 작아지던 나는, 손바닥과 부딪힐 때마다 작아지는 이 비누와 다를 바가 없었구나 하는 생각 말이다. 부질없는 비교의 삶을 끝내기로 결심한 나의 손을 쫘악 펼쳐 높이 들었다. 깨끗해진 손가락 사이로 새어드는 전등 빛이 불안해하거나 두려워 말고 이 길을 가보라고 밝혀주는 응원의 등불처럼 느껴졌다. 응원 가득한 길 위에서 다시 한번 아이들과 나를 위한 용기 내며 돈 교육을 이어갔다.

행복한 시간을 선물하겠어

2019년 가을이 끝나갈 무렵, 1학년이던 서진이가 학교 방과 후 수업에 부모참여 시간이 있다는 안내문을 가져왔다. 아이가 최대한 학교에 있는 시간이 길어야 나의 시간이 확보되었기에 정규수업이 끝나는 시간에 맞춰 진행되는 방과 후 활동을 빈틈없이 꽉꽉 채워놓은 완벽한 일정표였다. 아무리 봐도 이보다 더 잘 짤 수 없다 싶을 정도로 훌륭한 시간표였기에 뿌듯하기까지 했다. 완벽한 시간만큼이나 그 속에서 완벽하고 멋질 내 아이의 행복한 모습을 기대하며 학교로 향했다.

이미 수업이 시작된 교실 뒷문으로 조심스레 허리를 숙이고 들어가 의자에 앉았다. 방과 후 수업이라 학년 구분 없이 진행되는 우쿨렐레 수업이었다. 아직 1학년이기도 했고 배운지 고작 3개월

밖에 안 되었기에 멋들어진 연주를 기대하진 않았다. 그래도 뚱땅거리며 한 음 한 음 쉬운 노랫말 정도는 연주할 수 있을 거라 믿었다. 그러나 맨 앞자리에 앉은 녀석은 아직 운지법도 제대로 익히지 못한 듯 보였다. '도'를 어떻게 치는지 '솔'은 손가락으로 어떻게 잡아야 하는지도 모르고 그저 허공만 쳐다보고 있었다. 선생님은 학부모들이 쳐다보고 있어서인지 뒷줄에 앉은 고학년 아이들의 연주를 신경 쓰느라 정신이 없었다.

완벽하게 만들어 놓은 일정 속에서 그 시간을 만끽하며 당당히 잘 지내고 있을 줄 알았다. 못 지낼 이유가 전혀 없다고 생각했다. 그런 나의 기대와 달리 하염없이 시계만 쳐다보며 집에 갈 생각만 했을 서진이를 생각하니 화가 났다. 자기가 어째서 거기 있는지도 모른 채 그 시간을 버텼을 거라 상상하니 갑자기 눈물이 났다. 왜 바보같이 그 시간을 즐기지 못하고 멍하게 있는 건지. 내가 또 같은 실수를 반복하고 있는 건 아닌지.

아이들에게만큼은 내가 느낀 돈 없는 서러움을 느끼게 해주고 싶지 않았다. 그래서 매일같이 돈 공부하느라 바쁜 나를 대신해주는 시간 속에 아이를 넣었다. 그 속에서 마냥 즐거운 생활을 하고 있겠거니 생각했다. 그런데 착각이었다. 정작 서진이에게는 아무런 의미 없는 시간일 뿐이었다.

생각해보면 소심한 녀석이 나에게 여러 번 이야기 했었다.

'엄마, 나 우쿨렐레 하기 싫어. 재미없어' '엄마, 방과 후 수업 안 하면 안 될까?'라고 말할 때마다 '금방 포기하면 안 돼. 처음이라

재미없는 거야.'라고 타이르기도 하고 '방과 후 수업 안 하면 뭐 할 건데? 집에서 그냥 놀 거야?'라며 겁을 주기도 했다. 아이의 멍한 눈동자를 마주한 학부모 참관수업 날 이후 나는 모든 방과 후 수업을 중단했다. 의미 없는 시간 속에 아이를 홀로 두지 않겠다는 다짐이었다.

방과 후 수업을 모두 그만둔 후, 학교를 마치고 집으로 뛰어 들어오는 아이를 매일 반갑게 맞아 주었다. 그리고는 아무것도 강요하지 않고 그저 내버려 두었다. 첫 1주일은 정신없이 노느라 마냥 신나던 서진이도 시간이 지날수록 슬슬 지겨워하는 듯했다. 놀이터에서 신나게 놀다가도 친구들이 학원에 간다며 중간에 다 가버리니 혼자서는 재미가 없는 모양이었다. 매일같이 '아 심심해. 오늘 뭐 할까?'를 고민했다.

초등학교 1학년 남자아이와 무얼 하고 놀아야 하는지 몰라 나 역시 고민하는 날들이었다. 그동안 각자의 시간 안에서 보낸 날들이라 하루아침에 의미 있는 공동 시간 만들기란 쉽지 않았다.

머릿속 고민이나 생각을 손으로 옮겨쓰면 답이 보일 때가 많다. 당장 베란다에 방치되어 있던 커다란 칠판을 거실로 옮겨 서진이와 같이 의논해보기로 했다. 낙서를 깨끗이 지우고 칠판 중앙에 〈서진이와 엄마의 시간〉이라고 썼다. 함께 하고 싶은 것들을 하나씩 써보기로 했다. 나는 주로 책과 관련된 것들을 썼고, 서진이는 몸으로 하는 놀이에 관한 것들을 썼다.

가장 하고 싶은 것 순으로 번호를 정하고 그중 3가지를 뽑았다. 그리고 구체적인 내용과 횟수, 방법을 정했다. 〈매일 책 한 권 읽고 엄마와 이야기 나누기〉 같은 서진이가 원하지 않던 항목도 있었지만 서로 의견을 나누며 정한 것들이라 불평 없이 기꺼이 해나갔다.

어느 날, 항상 바빠 보이던 엄마가 자신과 함께 보내는 시간이 고맙기도 하고 걱정도 되었던지 문득 내게 말을 건넸다.

"엄마, 나 때문에 엄마 공부 못하게 돼서 미안해."

돈 공부한다며 여기저기 뛰어다니고 새벽마다 일어나 책을 읽었던 건 다 아이에게 행복한 시간을 선물하기 위함이었다. 그런데 그 시간을 누리는 지금 미안하다고 말하는 아이에게 과연 뭐라고 답을 해야 할까? 어떻게 말해야 할지 몰라 도리어 왜 미안한지 물었더니 서진이는 나를 더욱더 미안하게 만드는 대답을 한다.

"시간은 돈이라고 했잖아. 그런데 엄마가 나랑 놀면 돈이 안 생기잖아."

미래의 행복한 시간을 위해 현재의 시간을 보냈다. 더 나은 미래와 행복을 위한 투자라고 믿었다.

후회는 아니었다. 다만 현재의 시간을 어디에 쓰는 게 더 가치 있는가를 생각해보는 계기가 되었다. 아직 부족한 돈 공부였으나 예전만큼 매달리지 않기로 했다. 온전히 나를 집어넣었던 전력 질주의 시간이 있었기에 이젠 천천히 걸어도 될 것 같았다. 내가 전력 질주하는 동안 묵묵히 버텨준 아이들과 남편에게 이젠 내가 돌려줄 차례였다.

"엄마가 돈을 소중하게 생각하는 건, 돈으로 선택할 수 있는 게 많기 때문이야. 그중 제일 중요한 건 돈으로 행복한 시간을 사는 거거든. 엄마가 공부 많이 해서 이제 서진이와 보낼 시간을 살 돈이 생겼어. 그러니까 미안해하지 않아도 돼."

그동안 돈과 바꿔 저당 잡혔던 나의 시간을 찾아왔다. 아직 온전히 찾으려면 필요 금액이 한참 모자라지만 지금 아이와 보내는 시간은 나중에는 돈이 아무리 많아도 바꿀 수 없기에 지금이 아니면 안 된다고 생각했다. 매일 아침 억지로 회사에 나가고, 하기 싫은 일을 참으며 꿋꿋이 버티는 것은 돈 때문이 아니라 그 돈으로 채울 수 있는 행복한 시간을 위함이다. 내가 좋아하는 일을 하고, 내가 좋아하는 것을 먹고, 내가 누리고 싶은 모든 것을 마음껏 누리는 삶을 위함이다.

지금의 시간이 두 배 세 배로 돌아올 행복이라면 당장이라도 맡겨두어야 한다. 그러나 저마다 행복의 기준과 가치는 다르기에 스스로 한 번쯤 진지하게 물어보면 좋겠다. 내가 돈에 맡겨 놓은 지금이라는 시간이 나중에 되찾아올 수 있는 것인지 아닌지를.

2019년 노란 은행잎이 바닥 가득 떨어지던 그날, 나는 처음으로 돈 때문에 불안하지 않은 황금시간을 아이에게 선물했다.

3

목동으로 이사한 까닭

아이들과 보내는 시간이 많아지면서 이사를 결심하게 되었다. 사교육 대신 돈을 공부하며 열심히 놀기 위해 이사한 동네는 아이러니하게도 목동이었다. 한 건물에 80여 개 이상의 학원이 있어 기네스북에 올랐다는 건물이 있고, 일방통행 4차선 도로를 노란 학원버스가 꽉꽉 채우기도 하는 교육열 높은 동네이다. 내가 이 동네로 이사를 했다고 하니 지인들의 반응은 하나같이 똑같았다.

'너 부동산 공부한다더니 돈 좀 벌었나 보다?' '애 교육하려고 목동 간 거야? 애가 엄청 똑똑한가 보네.'

둘 다 사실이면 좋겠지만 우리 가족이 이사를 결심했던 가장 큰 이유는 바로 남편의 직장 때문이었다. 예전 집에서도 지하철로 30분 정도면 직장에 도착하는 그야말로 직주근접인 곳에 살았다. 그러나 아침저녁 만원 지하철에서 30분, 왕복이면 하루 한 시간 이상씩 시달리는 남편이 조금이라도 에너지를 아껴 아이들과 함께해 주면 좋겠다는 생각에 이사를 감행하게 되었다.

2020년 1월. 이사를 하자마자 코로나19가 터졌고, 가뜩이나 아는 사람 하나 없는 동네에서 사람과의 접촉이 완벽히 차단되었다. 전 세계가 한마음으로 나를 고립시키는 느낌이었다. 아이 둘과 온종일 집에서 보내는 날이 길어지자 스트레스는 점점 쌓여만 갔다. 돈 공부고 놀이고 간에 이대로 있다가는 미칠 수도 있겠다 싶었다.

어느 날 친구와 안부 문자를 주고받으며 나 정신병원 가게 되면 면회하러 오라는 농담을 했더니, 자기가 내 옆방에 있게 될 테니 걱정하지 말라며 우스갯소리로 버티던 날들이다. 쌍둥이 아들을 키우던 친구였다. 코로나보다 나의 정신건강이 더 걱정되었다. 안 되겠다 싶은 마음에 아이들을 데리고 매일 동네 놀이터 순회를 시작했다.

아무도 없는 코로나 겨울의 놀이터는 온전히 우리 차지였다. 정말이지 몇 달 동안 우리 셋만 놀았다.

'이 동네 애들은 아무리 코로나라도 그렇지 어쩜 놀이터 한 번 안 나오지?'라고 생각했다.

그러던 어느 날 신나게 놀던 서윤이가 아이스크림이 먹고 싶다기에 아파트 앞 상가 건물에 있는 마트로 향했다. 털장갑을 낀 손으로 차가운 아이스크림을 들고 마트를 나서려는데 갑자기 노란 학원버스에서 까만 패딩을 입은 아이들이 우르르 쏟아져 건물 안으로 밀려들었다. 아이스크림을 들고 있던 우리 아이들과는 다르게 버스에서 내리는 아이들의 손에는 저마다 문제집과 휴대전화가 들려있었다. 그제야 겨울방학 놀이터에 왜 우리밖에 없었는지 이해가 되었다.

이사 온 후 가장 많이 듣는 질문은 '아이들 학원 어디 보내요?'이다. 같은 반 친구 엄마이든, 놀이터에서 만난 엄마들이든 모였다 하면 아이들 학원 이야기이다. 심지어 다른 지역에 사는 지인들조차 내가 이 동네로 이사했다고 하니 애들 무슨 학원, 어디 어디 보내느냐며 물어온다.

예체능은 초등학교 고학년 되기 전에 기본은 해놔야 한다, 수학은 선행을 해서 두 학년 정도는 예습해야 뒤처지지 않는다, 영어는 유치원 때 미리미리 파닉스를 떼놔야 학교 가서 원서를 술술 읽을 수 있다 등 어디에서 나온 것인지 알 수도 없는 정보가 공공연한 공식처럼 들려온다.

집 앞 도서관에 갈 때마다 어려워 보이는 영어원서를 재미나게 읽으며 웃고 있는 아이들 옆에서 여전히 그림책 삼매경인 우리 아이들을 볼 때마다 나 역시 불안하고 초조하다. 여전히 지금이라도 학원을 보내야 하나, 학습지나 과외라도 해야 하나 고민한다. 왜 아니겠는가? 그럼에도 흔들리지 않고 나만의 방식으로 아이들과 시간을 보내고 있다.

서진 친구 엄마: 서진이는 학원 어디 다녀요?

나: 학원 안 다녀요.

서진 친구 엄마: 어머! 그럼 뭐해요?

나: 그냥 우리 가족끼리 놀아요.

놀이터에서 노는 아이들을 지켜보며 벤치에 앉아 있을 때마다 내게 학원 정보를 묻던 엄마들은 그 뒤 더 이상 말을 걸어오지 않았다. 아마도 내게는 그들에게 도움이 될 만한 정보가 없다고 판단했을 수도 있고 교육관이 안 맞으니 더 할 말이 없다고 생각했을 수도 있다.

학원 안 가고 가족끼리 뭐 하고 노느냐고 한마디만 더 물어봐 줬다면 주저리주저리 읊었겠지만, 묻지도 않는 그들에게 '우리 집은 애들이랑 같이 돈 공부하며 놀아요.'라고 오지랖을 부릴 순 없지 않은가.

아무리 좋은 취지에서 돈 공부야말로 너무도 중요한 교육이고 오히려 어릴 때부터 배워야 한다고 외친들, 무턱대고 '당신들도 이렇게 해 보세요.'라고 하면 미친놈 소리를 듣게 될 게 뻔하다. 국어도 중요하고 수학도 중요하고 영어도 중요하다. 학생이니까 주어진 임무인 공부를 열심히 해야 하는 것도 당연하다. 본분을 잊으면서까지 해야 한다고 말하고 싶은 게 아니다. 다만 나는 내 아이가 꼭 SKY에 가지 않아도, 이름 있는 대학 진학에 인생의 목표를 두고 달리지 않아도 얼마든지 괜찮다는 것을 돈 공부를 하면서 깨닫게 되었다.

'아니 사교육 안 시킨대서 특별한 비법이라도 있는 줄 알고 여기까지 읽었는데 뭐? 대학을 안 가도 괜찮다고? 이 엄마 제정신이야?'라고 생각하는 사람도 있을지 모르겠다.

나도 처음엔 입시 경쟁 속에 아이를 집어넣고 어떻게든 좋은 대학에 보내고 싶다는 욕심이 있었다. 나라고 왜 없었을까? 더군다나 고3을 그렇게 허무하게 보내고 입시에 실패한 나인데 모르긴 해도 내 욕심에 어떻게 해서든 아이의 명문대 진학을 인생 최고의 목표로 삼고도 남았을 것이다. 그런데 그동안 읽어 온 책들을 통해서 깨닫게 되었다. 대학 진학이 본질이 아니라는 것을 말이다. 공부의 목표를 대학에 두지 않으니 많은 것을 놓을 수 있게 되었다.

2020년 대학에 입학한 아이들은, 학교 한 번 못 가보고 졸업하기도 했다고 하니 어쩌면 코로나로 인해 교육에 관한 생각을 더욱 달리하게 된 건지도 모르겠다.

아이들이 학원에 다니지 않으니 그야말로 저녁을 먹고 나면 잠들기 전까지 심심해서 어쩔 줄 모르는 '저녁 있는 삶'을 살게 되었다. 이사를 감행한 덕에 남편마저 퇴근 후 집까지 10분이면 충분했다.

혼자 공부하며 읽었던 책의 내용을 저녁마다 아이들과 나누면 좋겠다고 생각했다. 처음에는 부담스럽지 않게 일주일에 한 번 가볍게 시작했다. 매주 월요일 저녁을 먹고 나면 같은 책을 읽고서 이야기를 나눴다. (독서 모임에 관한 이야기는 뒤에서 자세히 적어보겠다.)

그렇게 아이들과 독서 모임을 한 지 3년이 넘었다. 일주일에 한 권씩 지금껏 150권이 넘는 책 이야기를 나눴다. 바꿔 말하면 하루 한 시간, 150시간이 넘는 시간 동안 가족이 함께 웃고 떠들며 서로의 이야기를 나눈 셈이다. 학년이 바뀔 때마다 아이에 대한 칭찬을 가득 전하는 선생님의 이야기와 전국 백일장 대회 수상 같은 자랑거리를 제쳐두고라도 그동안의 시간이 쌓여 아이들을 단단하게 만들어주고 있음이 느껴진다.

매 순간 이 길이 아니면 어쩌나 싶다. 그러나 이 길이 아니어도 두렵긴 매한가지일 것 같다. 다만 입시라는 길 위의 사람들과는 목적지가 다르기에 예상치 못한 두려움까지 함께 안고 걸을 뿐이다. 그런 두려움을 실망감이 아닌 기대감으로 바꿀 유일한 방법이 가족과 함께하는 시간이라 믿는다. 우리 가족만의 시간을 충분히 만들고 공유하자. '좋아요' 외치고 '해시태그' 붙여 널리 알리듯 언젠가 아이들이 그 시간을 자랑하는 날이 올 것이다. 가족이 함께 만들어 낸 내공 가득한 시간을 만끽하는 그런 날 말이다. 각자의 시간이 하나의 순간으로 뭉쳐져 만들어 내는 그 짜릿한 행복감을 이젠 당신의 가족도 맛보게 되길 바라 본다.

부를 만드는 시간

돈 이야기 하다 말고 왜 자꾸 시간 이야기를 하는지 궁금할지도 모르겠다. 사실 계속 돈 이야기를 하고 있었는데 너무 돈돈 쓰면 읽기 힘들까 봐 시간이라고 바꿔 썼을 뿐이다. 시간이라고 쓴 곳마다 돈으로 바꿔서 다시 읽으면 내가 말하고자 하는 바를 더 잘 이해할 수 있을지도 모르겠다. 시간=금(돈)이라고 배웠으나 왜 시간이 돈이 되는지 가르쳐 준 사람이 딱히 없었다. 어렴풋이 시간은 금처럼 소중하구나, 시간은 돈처럼 잘 써야 하는 거구나 정도로만 짐작할 뿐이다.

우리나라에서 부자를 말할 때의 기준은 오로지 돈이다. 앞서 잠깐 언급했던 〈KB 금융지수 경영 연구소〉에서 해마다 발표하는 '한국 부자 보고서' 또한 부자로 나누는 기준은 돈이다. 우리나라는 유독 부자라고 하면 긍정보다 부정의 이미지를 많이 떠올린다. 사촌이 땅만 사도 배가 아픈데 나는 평생 만져보지도 못할 액수의 돈을 가진 사람들이라고 생각하니 무턱대고 싫은 것이다.

한동안 우리와는 다른 프랑스 부자의 기준이 화제가 된 적 있다. 우리가 돈으로만 부자의 기준을 세울 때 프랑스는 할 수 있는 외국어가 한 가지 이상인지, 즐기는 악기와 스포츠가 있는지를 부자의 기준에 포함한다는 내용이었다. 물론 이마저도 돈이 있어야 가능하다는 전제가 있긴 하지만 기준 자체를 돈으로만 세우지 않는다는 점에서 신선한 충격이었다.

돈으로 부자의 기준을 정하지 않는 것은 비단 프랑스뿐만이 아닌가 보다. 독일의 도리스 메르틴은 《아비투스》라는 책을 통해 부와 성공을 위해서는 7가지 자본이 필요하다고 이야기했다. 경제자본은 물론 프랑스와 마찬가지로 언어와 문화를 포함하여 지식, 심리, 신체, 사회까지 총 7개의 분야에 걸친 성장이 이루어져야 진정한 부자이며 상류층이라 말할 수 있다고 했다.

아이가 내 품에서 독립하기 전까지 그 기나긴 시간 동안 나 역시 아이들에게 그런 시간을 선물하고 싶었다. 신체적, 문화적, 사회적으로 그리고 무엇보다 본인 스스로 탄탄해질 수 있는 아이들이 되길 바라며 한 겹씩 쌓아 나가는 중이다. 돈이 될 수 있는 시간, 즉 부를 쌓는 시간을 함께 보내고 싶었다.

사실 학원에 보내지 않는 것을 아는 주변 지인들은 내가 아이들과 무얼 하는지 늘 궁금해한다. 특별한 것 없는 일상이지만 다른 누군가가 하면 특별해 보이는 게 육아이고 교육이기에 나의 일상을 적어본다. 학원에 다니지 않는다고 학습하지 않는다는 의미는 아니다. 오히려 평소에는 아이들 스스로 정한 학습량을 매일매일 채울 수 있도록 하고 독서에 시간을 할애하는 편이다. 그리고 주말이 되면 책에서 봤던 것들, 평소 궁금했던 것들을 찾아 밖을 헤맨다.

예를 들어 그 계절이 봄이라면 비발디의 '사계'에서 봄을 찾아 틀어 놓고 주말 아침을 먹는다. 음악을 온몸으로 느끼고 깊이 있게 이해하는 것은 애당초 할 줄 모른다. 그냥 그 계절이나 그날 날씨에 맞는 음악을 찾아 틀어 놓을 뿐이다. 아침과 점심 그 어디쯤의 식사를 끝내고 나면 동네 투어를 시작한다. 아파트 단지 사이사이 길거리의 민들레를 찾아 나서기도 하고, 민들레 옆 여기저기 자라난 쑥 잎을 살짝 뜯어서는 콧속 가득 쑥 향을 밀어 넣어본다. 쑥은 아무 데나 쑥쑥 자라서 쑥이 됐을 거라며 썰렁한 농담을 주고받으며 마냥 깔깔거린다. 눈에 보이는 모든 봄꽃인 개나리와 진달래는 물론 목련이며 산수유를 그냥 지나치지 않고 만날 때마다 이름 불러준다. 내가 너의 이름을 불러주었을 때 나에게로 와서 꽃이 되었다는, 김춘수 시인의 〈꽃〉이라는 시가 있다며 오래간만에 아는 척하는 남편이다. 세상 뿌듯한 아빠의 표정을 뒤로한 채 아이들은 그저 지나가는 강아지를 향해 냅다 뛰어간다. 벚꽃이 필 때면 바람에 날리는 꽃잎을 누가 많이 잡는지 내기도 하고 벚꽃 길로 유명한 여의도 윤중로나 진해 군항제, 경북 경주를 봄이 가기 전에 다녀오자며 이야기한다. 내기에서 진 사람에게 아이스크림을 얻어먹으며 집에 돌아오는 길, 집 앞 꽃가게에서 만난 예쁜 튤립 화분을 보며 튤립이 네덜란드의 국화라는 이야기와 함께 주제를 슬쩍 경제 분야로 넘겨 〈튤립파동〉* 이야기까지 흘려본다.

2~3시간이 훌쩍 지나가는 주말 산책 후 집에 오면 아까 이야기했던 벚꽃 명소를 지도에서 찾아 표시한다. 다음 주말여행으로 경주나 진해를 가볼 계획을 세우기도 하고, 그 지역 맛집도 함께 검색하며 입맛을 다신다. 더 나아가 지구본을 돌리며 튤립파동이 일어났다는 네덜란드도 한 번 찾아본다. 서진이가 좋아하는 '반 고흐'가 네덜란드 사람이라고 말했더니 네덜란드의 미술관도 가보자며 그 언젠가를 기약해보기도 한다.

이렇게 아이들과 해마다, 계절마다, 매월, 매주 하는 일들이 있는 편이다. 그리고 한 달에 한 번은 꼭 박물관이나 미술관, 또는 공연장을 찾아 평소 느낄 수 없었던 또 다른 시간에 흠뻑 빠지기도 한다.

글로 옮기니 뭔가 거창하고 대단한 일 같지만, 사실은 이미 엄마들이 아이들과 보내고 있는 시간이다. 의식의 흐름대로 이야기가 꼬리를 물고 연결될 뿐 교육과 학습의 목적으로 작정하고 하는 이야기들이 아니다. 대화를 나눴다고 해서 아이들이 한 번에 알 것이라 착각하거나 확인하려 들지 않는다.

아이들은 다음번에도 진해와 경주가 어디에 있는지 모르고, 네덜란드가 어디에 있는지 모른다. 산수유가 겨울꽃인지 봄꽃인지도 모르고, 튤립 이야기 끝에 했던 튤립파동은 아예 생각조차 안 날지도 모른다. 다만 한 겹 한 겹 쌓아 나갈 뿐이다. 학습의 시간이 아니라 나중에 아이들이 꺼내 쓰게 될 부의 시간이다. 그러니 지금부터 그냥 차곡차곡 쌓기만 하면 된다. 운동선수의 근육이 하루아침에 만들어지는 것이 아닌 것처럼 부자의 삶을 위한 마음과 소양을 꾸준히 만들어 나갈 뿐이다.

지금 내가 하는 모든 생각과 행동은 과거의 내가 켜켜이 쌓여 완성된 결과이다. 내가 경험했던 일이든 책이나 학습을 통해 쌓은 지식이든 그 바탕 위에 지금의 내가 서 있는 것이다. 책상 앞에서 얻는 지식보다 작은 일상의 경험들이 살면서 더욱 큰 도움이 될 때가 많다. 이런 시시콜콜한 하루들이 훗날 돈 때문에 일을 망치거나 흔들리지 않게 해줄 수 있다고 말하고 싶진 않다. 오히려 그럴 일은 없다. 돈이라는 것은 경험하기 전에 학습으로 채워지는 것이 절대 아니기 때문이다. 다만, 돈 때문에 삶이 힘겨울 때 문득 듣게 된 비발디의 음악이 힘이 될지도 모른다. 비발디가 봄 속에 숨겨 놓은 온갖 희망의 메시지를 그때 서야 알아차리게 될지도 모른다. 돈 앞에서 삶이 흔들리는 순간, 수없이 떨어지던 벚꽃 잎의 기억이 문득 떠오를 수도 있다. 꽃잎이 다 떨어진 벚나무는 꽃이 지고 나서야 잎이 돋아난다는 것을 생각하며 흔들린 후에 오는 것이 앙상함이 아니라 푸르름이라는 것을 깨닫게 될지도 모른다.

부는 '돈의 기준'이라고만 믿었다. 그러나 내가 생각하는 진정한 부는 물질적 가치와 마음의 풍요가 함께 완성되어야만 의미가 있다. 부가 만들어지는 시간, 돈 앞에 당당할 수 있는 경험, 나와 우리 아이들이 그 '과정' 자체를 소중히 여길 수 있도록, 그래서 성취와 만족을 동시에 느낄 수 있도록 지금부터 하나씩 부를 쌓는 시간 만들어간다.

***튤립파동** Tulip mania

: 17세기에 네덜란드에서 튤립의 판매를 둘러싸고 일어난 투기 현상. 16세기 중반부터 튤립이 인기를 끌면서 일어났으며, 최초의 경제 버블 현상으로 평가된다. 튤립의 구근이 높은 계약 가격으로 팔리다가 1637년에 튤립의 가격 구조가 붕괴하면서 많은 투자자가 파산하였다.

아이들에게도 돈을 알리자

2021년 통계청 자료에 따르면 우리나라 초등학생 1인당 사교육비는 평균 32만 8천 원이다. 사교육 안 하는 우리 집은 아이가 둘이니 약 65만 원을 다른 집보다 덜 쓰는 셈인 것이다. 돈을 덜 쓰면 분명 그 돈이 남아야 하는데 매달 남지 않는 돈이 신기할 따름이다. 이대로는 교육도 돈도 남는 게 없을 것 같았다. 교육비만큼 아이들 몫으로 떼어놓기로 했다.

처음 교육비를 떼어놓기로 결심한 후 아이들이 학원비 대신 그 돈을 쓸 수 있도록 했다. 당시 2학년이던 서진이는 책 한 권을 사거나 멋진 공연을 볼 때마다 '엄마 이거 해도 돼요? 저거 사도 돼요?' 라고 재차 물었다. 행여나 돈이 부족할까 봐 눈치를 보는 것이다.

돈을 아껴 써야 한다는 것은 너무도 맞는 말이지만 대상에 따라서는 아낌없이 보내줘야 한다. 아이가 허락을 구할 때마다 돈과 교환되는 것의 가치를 이야기했지만, 아직 어린 녀석의 수준에서는 가치를 가늠하기가 어려웠던 모양이다. 배움에 필요한 돈은 늘 가치가 있다고 말하며 금액을 오픈했다.

한 달 30만 원의 돈 안에서는 얼마든지 필요한 것들을 고민하지 않고 살 수 있다고 알렸다. 그리고 지출할 때마다 금액을 적어 두고 매달 1일, 30만 원에서 한 달간 쓴 총금액을 뺀 후 통장에 넣어주기로 했다. '사'교육을 안 할 뿐 교육은 하므로 책과 문제집, 그 밖의 미술관이나 공연 관람비 등으로 지출되는 돈이 매달 10만 원에서, 많게는 20만 원까지 금액이 왔다 갔다 했다.

처음에는 지출 후 남은 금액을 자동 이체로 바로 보냈더니 아이들은 휴대전화 속에 돈이 저장된 줄로 착각했다. 아이들이 직접 돈을 만지고, 그 돈을 가지고 은행에 갈 수 있도록 해야겠다고 생각했다. 그 뒤 매달 아이들과 함께 각자의 이름이 적힌 통장과 남은 교육비를 현금으로 가지고 은행에 간다. ATM 기계에 돈을 넣을 때도 있고 직접 은행 창구에 가서 맡기기도 한다.

10만 원이라는 돈에는 동그라미가 5개나 들어간다며 손가락으로 '0'의 개수를 하나씩 짚어가며 입금 후 금액 확인도 꼼꼼히 한다. 한 줄 한 줄 금액이 쌓이는 통장을 보며 누구 줄이 더 긴지 서로 비교도 한다. 불어나는 금액에 내심 기분 좋은지 은행에 다녀오는 날이면 통장을 열어보고 또 열어보는 아이들이다.

교육비로 시작한 금액 공개가 다른 부분까지 확대되었다. 어느 날 아파트 관리비 고지서를 찬찬히 들여다보고 있다가 옆에 앉아 있던 서진이와 서윤이에게 물었다. 우리 집에서 한 달 동안 사용하는 전기세, 수도세, 난방비는 얼마일지 퀴즈를 냈다. 전혀 감이 없는 아이들은 터무니없는 금액을 마구 불러댔다. 삼천 원부터 시작된 금액은 나의 표정을 살피며 만 원, 오만 원, 이십만 원, 백만 원까지 경매처럼 끝도 없이 치솟았다. 아직 큰 숫자에 대한 개념이 제대로 없던 6살 둘째의 '구만오십만 원!'을 끝으로 강제 낙찰시키고 우리 집 세금 내용을 공개했다. 네 식구이니 금액을 4로 나누어 1인당 쓰는 전기, 수도, 난방비가 어느 정도인지도 알려줬다. 그러고는 다음 달 세금이 이번 달 보다 적게 나오면 그 금액만큼 각자의 몫으로 돌려주겠다고 했다.

해당 달의 전기세는 2만 원 정도였는데 4로 나누면 5천 원이다. 만약 다음 달 전기 요금이 1만 6천 원이 나온다면 1인당 4천 원이 되니 천 원씩 돌려받게 되는 것이다. 한마디로 정부에서 하는 '에코마일리지 프로그램'을 아이들에게 적용한 셈이다. 이미 돈맛(?)을 아는 아이들이라 효과는 바로 나타났다. 당장 그날부터 안 쓰는 전기코드는 누가 먼저랄 것도 없이 뽑고 다녔다. 그렇게 잔소리해도 안 되던 스위치 끄기와 세숫물 받아서 쓰기는 하루아침에 버릇이 고쳐졌다. 엄마 아빠가 알아서 해결하던 돈에서 자신들에게도 책임과 영향이 있는 돈이 된 것이다.

교육비와 세금 적립 이후로 아이들과 가족 공동으로 쓰이는 돈에 있어 나 혼자 결정하는 일은 없다. 항상 돈의 대상인 아이들을 참여시켜 함께 이야기 나눈다. 어릴 때부터 돈의 주체가 본인 스스로임을 깨닫도록 하는 것이다. 돈으로 어떤 것을 사고 어떤 경험을 할 것인지 의논하며 아이들 각자에게 주인 역할을 맡긴다.

두 아이가 돈을 보내는 방향과 양이 다르다 보니 교육비에서 매달 남는 금액이 서로 달랐다. 왜 동생보다 자기 돈이 적은지 불만이던 서진이에게 돈의 주인이 달라서 그렇다고 설명해주었다. 이해했는지 못했는지 알 수 없는 표정으로 녀석은 심각하게 말했다.

"돈이랑 도비랑 비슷하네. 돈도 주인을 잘 만나야겠구나."

영화 〈해리 포터〉에 나오는 집 요정 '도비'를 떠올렸나 보다. 주인을 위해 평생 일하고 봉사하는 요정인 도비를 돈에 비유했다는 점에서 돈이 자신을 위해 일하는 것으로 생각한 녀석이 기특했다. 도비 이야기가 나온 김에 녀석에게 좀 더 주인의 중요성을 알려주고 싶었다. 나쁜 주인(말포이)을 만나면 돈(도비)은 몰래 다른 주인(해리 포터)을 찾아다닐 수도 있다고. 그렇게 되면 결국 돈(도비)은 원래 주인을 떠나게 된다고 말이다. 돈이 많고 적음은 나중 문제이다. 내 수중에 들어온 돈에게 나는 어떤 주인이 될 것인가가 더 중요하다.

돈에 있어서는 아무것도 모를 거라고 제쳐두었던 아이들을 적극적으로 참여시켰다. 우리 집 지출의 가장 큰 비중을 차지하는 아이들을 빼고 돈을 논한다는 것이 처음부터 맞지 않는 일이었음을 깨달았다. 아무 걱정하지 말고 너는 공부나 하라던 우리네 부모님이 사실은 뒤에서 얼마나 전전긍긍했을지 우리도 이미 알게 되었지 않은가.

어쩌면 우리 아이들이 생각보다 돈에 밝고 현명하다는 사실에 깜짝 놀랄지도 모른다. 아이들에게 돈을 숨기거나 쉬쉬하지 않고 당당히 마주할 수 있도록 해준다면 오히려 본인 스스로 좋은 주인이 되고자 노력할 것이라 나는 믿는다.

지금부터라도 돈을 알려주면 좋겠다. 아이들도 참여시켜주면 좋겠다. 그래서 이다음에 우리 아이들이 말포이가 아닌 해리 포터가 되어 많은 도비를 데리고 있을 수 있는 능력 있는 주인이 되면 참 좋을 것 같다.

일상생활의 모든 것이 돈이다

"엄마! 서윤이랑 나랑 키우면 돈 얼마나 들어?"

학교에 다녀온 서진이가 책가방을 던져놓자마자 대뜸 물었다.

돈이 얼마나 들어가냐니. 황당하기도 했지만 갑작스러운 질문에 뭐라 답할지 몰랐다. 그게 왜 궁금하냐고 물으니 같은 반 친구 다현이는 동생 갖는 게 소원인데 엄마 아빠가 안 된다고 했단다. 다현이가 엄마 아빠 하는 이야기를 몰래 들었는데 동생을 키우기엔 돈이 너무 많이 든다고 했다는 것이다. 아마 2세 계획을 고민하던 부모의 이런저런 이야기 끝에 나온 현실적인 고민을 아이가 들었던 모양이다. 그러면서 서진이에게 동생 있는 네가 부럽다는 말을 전했다고 한다.

아이를 한 명씩 키울 때마다 드는 비용이 만만치 않다. 나 역시도 둘째가 태어났을 때 우리 집 재정 상황부터 걱정되어 더욱 돈 공부에 매달렸던 기억난다. 서진이 질문에 뭐라고 답을 해줄까 고민하다가 우리가 하루를 살아가는 데 있어 얼마의 돈이 필요한지 직접 계산해 보기로 했다. 그리고 그 돈을 한 달, 일 년, 십 년 이런 식으로 곱해보기로 했다.

노트 한 페이지를 펴서 아침에 눈 뜬 순간부터 잠드는 순간까지 하루의 모든 행동을 기록하도록 했다. 삐뚤삐뚤한 글씨로 한 페이지를 가득 채운 아이의 일상을 펼쳐놓고 그 옆에 하나씩 돈을 기록해 나갔다.

침대에서 일어났다. - 침대:50만 원/ 이불, 베개: 10만 원

이를 닦고 세수했다. - 칫솔&치약:5천 원/ 수도 요금:월 2만 원

아침을 먹었다- 쌀: 월 2만 원 반찬: 2만 원

물 마시고 유산균 먹었다 - 정수기: 월 1만 3천 원/ 유산균: 월 2만 원

머리 빗고 얼굴에 크림을 발랐다 - 빗:1천 원/ 로션:1만 원

서랍에서 옷 꺼내 갈아입고 마스크를 썼다 - 옷: 5만 원/ 마스크:1천 원/ 서랍장:10만 원

가방 메고 학교 갔다- 가방:10만 원/신발:5만 원

학교 다녀와서 손 씻고 간식 먹었다- 손 비누:5천 원/ 간식:5천 원

책상에서 문제집 풀었다- 문제집:1만 5천 원/ 필기구: 5천 원/ 책상: 30만 원

책 3권 봤다 - 5만 원

레고 놀이했다 -7만 원

놀이터에서 놀았다 -아파트 관리비 일부

저녁 먹었다 - 쌀: 월 2만 원(중복)

옷 세탁기에 넣고 샤워했다- 세탁기: 100만 원 / 수도 요금:월 2만 원(중복)/

샴푸&비누: 1만 원

속옷을 갈아입었다: 내복 1만 원

독서 등 켜고 책 봤다: 독서 등:2만 원 / 전기세:월

불 끄고 잤다 -침대, 이불, 베개값(중복)

매일 드는 비용은 아닐지라도 하루를 보냄에 있어 쓰이는 모든 것에 돈이 든다는 것을 눈으로 보여줬다. 가구나 가전제품을 제외하더라도 일상생활의 그 모든 행동에 돈이 필요하다는 사실이 서진이로서는 꽤 충격이었나 보다. 심지어 아무것도 하지 않고 책상에 가만히 앉아만 있어도 책상을 살 돈조차 필요하다는 사실에 놀란 듯했다. 눈을 동그랗게 뜨더니 엄마는 어떻게 애를 둘이나 낳을 생각을 했냐며 오히려 내게 반문한다. 이 무슨 개똥 같은 결론인지. 일상의 모든 것이 돈이라서 충격을 받은 아이와 애를 둘이나 낳아버린 엄마는 한동안 서로 말없이 그렇게 앉아 있었다.

다음 날 서진이는 물건을 마주할 때마다 중얼거렸다. 책상에 앉아 연필을 깎으면서 30만 원 더하기 2만 원 더하기 1천 원이라고 혼잣말했다. 무섭게 왜 혼자 중얼대냐 물으니 책상값과 연필깎이값 그리고 연필값을 더해봤단다. 자기가 32만 1천 원을 쓰고 있다고 생각하니 물건을 잃어버리거나 아껴 쓰지 않으면 안 될 것 같은

기분이 든다고 했다. 돈과 일상 사이의 확인에 충격이 꽤 컸던 모양이다.

아이들에게 절약을 강요한 적은 없다. 다만 일상의 모든 것이 돈이라는 것을 보여주었더니 자연스레 아끼고 소중히 다루겠다는 기특한 마음이 생긴듯하다. 넘치면 넘쳤지, 부족하지 않은 세상이다. 어떻게 하면 내 아이에게 더 많은 것을 해줄 수 있을까 고민하던 날들이었다. 그래서인지 돈을 가르치면서도 더하는 것보다 빼는 것이 훨씬 어려웠다. 그러나 지금 빼서 남겨놔야 나중에 곱해줄 수 있을 것 같았다. 숨만 쉬어도 돈이 드는 세상에서 어떻게 하면 많이 벌 것인가를 고민하는 것도 중요하지만 어떻게 해야 가진 것을 아끼고 남길 수 있을지에 대한 고민이 더 먼저다. 1,000만 원을 벌어서 다 쓰는 사람과 100만 원을 벌어도 남기는 사람. 결국은 아끼고 남긴 쪽이 부자가 될 확률이 높다는 뻔한 예를 굳이 들지 않더라도, 돈을 버는 법보다 쓰는 법을 먼저 가르쳐야 할 이유는 충분하다. 어릴 적부터 물건을 함부로 하지 않고, 자신에게 들어오는 모든 것이 '그냥' 주어지는 게 아님을 알게 된 아이가 과연 어른이 되어 돈을 마구 쓰고 낭비할 수 있을까?

세계 최상위 부자 400명 중 40%, 세계 500대 기업 간부 중 41.5%. 짐작했겠지만 돈에 있어 세계 최고의 민족인 유대인을 설명하는 숫자이다. 이런 그들의 격언에 '부자 되는 쉬운 방법은 내일 할 일을 오늘하고, 오늘 먹을 것을 내일 먹으라.'라는 말이 있다.

세계 부자의 40%를 차지하는 그들이 오늘 식량을 내일로 미룰 만큼 절약하고 인내하는 삶을 강조하는 이유를 이제는 한 번쯤 진지하게 되새길 필요가 있지 않을까?

어떻게 해야 우리 아이들에게 풍요로움을 물려줄 수 있을지 생각한다. 그리고 다시 고민한다. 어떻게 하면 풍요로움을 유지하도록 도와줄 수 있을까를 말이다. 소득이 지출로 다 빠져나가지 않고 남을 수 있도록, 남은 돈들이 또 다른 가치를 일으킬 수 있도록, 소득과 지출 사이 절약이라는 댐을 만들어 풍요로운 땅을 가꿔 나갈 수 있게 도와주고 싶다.

그리하여 먼 훗날 그 땅 위에서 한없이 넘치는 풍요를 만끽하며 '있음'에 감사할 아이들의 모습을 상상해본다. 그날의 행복한 상상을 하며 오늘도 나는 아이들과 몽당연필 뒤에 볼펜 대를 꽂으며 댐을 쌓는다.

제 4 장

엄마랑 함께하는 돈 공부

돈과 친해지는 독서 모임

가족이 다 모이는 저녁 시간, TV를 보지 않는 우리 집은 밥을 먹고 나면 멀뚱히 앉아 있거나 각자의 시간을 보내곤 했다. 코로나로 집에 있는 시간이 길어지고 매일 저녁 함께하는 시간이 쌓이다 보니 그냥 흘려보내는 시간이 마냥 아까웠다. 뭘 할까? 뭘 하면 재미있고, 도움도 되고, 좀 더 나은 인간으로 살아갈 시간을 만들 수 있을까 하는 거창한 생각은 없었다. 그저 심심하지만 않게 지내보자는 생각이었다.

책 이야기를 해보기로 했다. 처음에는 내가 읽었던 책들을 바탕으로 아이들에게 돈 이야기를 해주고 싶었으나 아무래도 무리일 것 같았다. 대신 아이들이 읽은 책으로 가볍게 이야기 나누는 시간을 갖기로 했다.

'어떤 책에 관해 이야기할까? 같은 책을 읽어야 공감대가 형성될 텐데? 9살 서진이와 6살 서윤이가 같은 책을 읽을 수준이 되는가?' 고작 3살 차이라지만 처음 시작할 때만 해도 서윤이는 아직 한글을 다 안 뗀 유치원생이고 서진이는 초등학교 2학년이라 나름 수준 차이가 있었다. 이리저리 생각하며 눈으로 책장에 꽂힌 책들을 훑어보다가 같은 제목의 책이 두 권씩 있음을 알게 되었다. 유아용 위인전과 초등학생용 위인전이었다.

같은 인물에 관한 내용을 각자의 수준에 맞는 책으로 읽고서 이야기를 나누면 딱 일 듯했다. 생각이 여기까지 미치자 이 방법을 생각해 낸 스스로가 기특해서 웃음을 참을 수가 없었다. 혼자 '미쳤다. 끝났다'를 연발하며 입에 거품 물고 흥분했던 기억난다. 그날부터 우리 가족은 '미치고 끝내주는' 독서 토론을 매주 월요일마다 하게 되었다. 특별히 월요일로 정한 이유가 있는데 하나는 아이들에게 주말 동안 책 읽을 시간을 주기 위함이었고, 또 하나는 남편의 회사 일정을 고려한 결정이었다. 행여나 코로나가 종식되어도 월요일에는 회식을 잡지 않을 테니 남편의 참여를 높이기 위한 배려였다. 이런 나의 배려를 거부하며 금요일을 강력히 주장한 남편이었으나 본능적으로 금요일만은 지키고 싶었던 아이들의 요청에 따라 독서 토론 날은 월요일로 정해졌다.

애당초 토론 수업이라는 걸 해 본 적 없는 부모 세대이다. 아무리 가족 앞이라도 쌍팔년도 찐 주입식 교육받은 어미·아비라 막상 이야기하자고 해놓고선 입을 닫는다. 그런 부모 대신 아이들이 먼저 입이라도 떼면 조리 있게 말하라고 구박하고 틀렸다고 면박할 게 뻔했다. 고심 끝에 생각해 낸 방법은 마인드맵이다. 정작 가족들은 전혀 감흥이 없었으나 이 기가 막힌 독서 토론 방법을 생각해 낸 나 자신을 대견해하며 시작한 지 올해로 4년째이다. 기가 막힌 우리 집 독서 토론 방법을 소개해본다.

우선 독서 토론할 책 속 위인 한 명을 아이들이 선택해서 엄마 아빠에게 알려준다. 아이들은 각자 버전의 위인전을 읽고, 나와 남편은 기본 지식으로 문제를 맞히거나 둘째에게 책을 읽어주면서 학창 시절 배운 위인들에 대한 기억을 불러온다. 내가 진행자라 퀴즈 도전자는 남편과 아이들 이렇게 셋이 되는데 이때 아주 중요한 포인트는 아빠는 적당히 '모르는 척'해야 한다는 것이다. 만약 아빠가 퀴즈를 다 맞혀 버리면 저녁 내내 울고불고 난리 치는 아이들을 달래야 하는 불상사가 생길 수도 있다.

처음엔 남편이 아이들을 위해 일부러 오답을 골라 외치는 줄만 알았는데 시간이 지날수록 진짜 실력(?)이었음을 알게 된다. 남편을 한심하게 쳐다보는 표정을 들키지 않도록 포커페이스를 잘해야 하는 어려움이 있지만 그럴 때마다 웃으며 최대한 큰소리로 '땡'이라고 외쳐주면 된다.

우선 종이나 칠판 가운데 함께 읽은 책의 위인 이름을 써 놓고 시작한다. 그리고 나머지 정보를 가지처럼 뻗어나가며 쓴다. (만약 위인전이 아니라면 그냥 책 제목을 써놓고 시작하면 된다.)

예를 들어 〈무함마드 유누스〉라는 사람에 대해 이야기 나눈다고 해보자. 가지를 하나 뻗어 어느 나라 사람인지 퀴즈를 낸다. '방글라데시'라는 정답이 나오면 답을 쓰고 거기서 가지를 또 하나 뻗어 방글라데시에 관한 문제를 다시 낸다. 하나의 정답에서 끝나지 않고 꼬리에 꼬리를 무는 식이다. 첫 번째 문제에서 더 이상 가지 뻗기가 안 되면 다른 주제로 넘겨 또 다른 가지를 만들어 나간다.

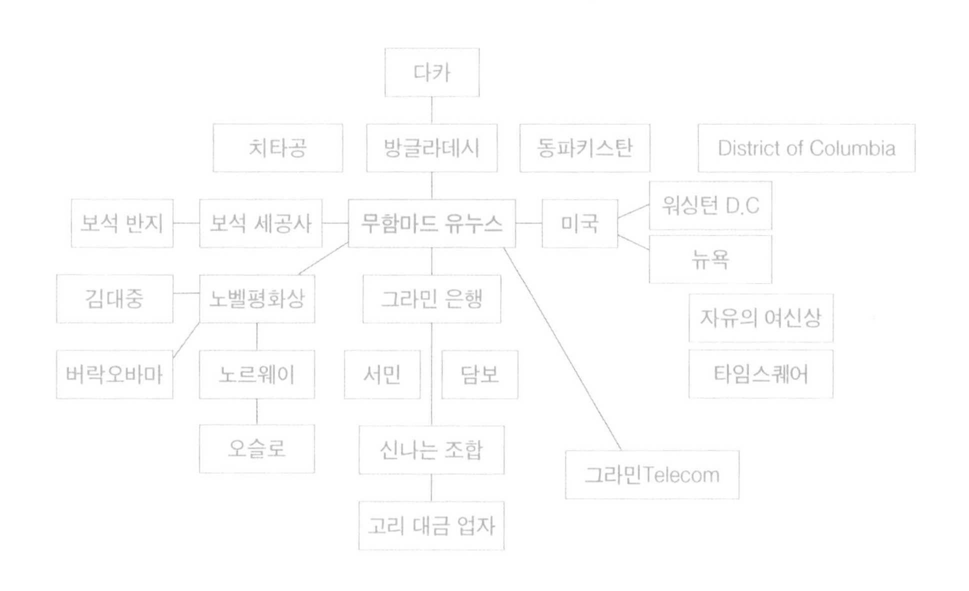

진행자가 한 가지 답으로부터 가지를 계속 이어 나갈 수 있게 문제를 끌어내는 것이 핵심이라 진행자의 역량이 중요하지만 처음 시작은 가지가 한 번에 끝이 나도 괜찮다. 독서 모임이 진행될수록

무성한 가지가 만들어지기도 하고 아이들이 서로 진행자를 하겠다고 다투는 날이 오기도 하니 처음부터 욕심낼 필요는 없다. 학습이 아니라 놀이처럼 즐겁게 하는 것이 중요하다. 이렇게 사실 위주의 인물 파악이 끝나고 나면 아이들에게 '왜'라고 물어보는 시간을 가진다. 이때 질문은 퀴즈의 단답형 질문과는 달리 본인의 생각과 의견을 말할 수 있는 것이 좋다. 처음에는 그저 '몰라!', '안 해!'라고 대답하며 어려워하던 아이들도 보너스 점수 5점이 추가되는 이 질문 앞에서는 갑자기 청산유수 달변가가 된다. 내 자식이 천재였나 또 한 번 착각하는 순간이 올지도 모른다.

위인에 대한 정보와 각자의 생각까지 이야기를 나누고 나면 마지막에는 세계지도를 펼친다. 퀴즈에서 언급된 나라와 도시를 찾고 그 나라의 화폐를 인터넷으로 찾아보면 끝이 난다. 이렇게 이야기를 나누다 보면 보통 30~40분 정도 걸리는데 〈레오나르도 다빈치〉 이야기를 하던 날은 이탈리아에서 시작한 이야기가 피자와 파스타로 넘어가 결국 피자를 주문하는 바람에 1시간이 넘은 적도 있다. 역시 먹는 것 앞에서 너도나도 할 말이 많아지는 건 어쩔 수 없는 듯 하다.

최저 득점자는 독서 토론 후 벌칙이 있다. 예상했듯이 벌칙은 늘 남편의 몫인데 아이들과 몸으로 놀기이다. 몸으로 노는 게 힘들어진 남편이 어느 순간 꾀를 내어 벌칙 대신 벌금을 내기 시작했다. 이제 은근히 벌칙보다 벌금을 바라는 아이들을 보며 자본주의 돈맛을 알아버린 건가 싶어 웃음이 난다. 벌금은 그날 이야기 나눈 인물의 나라 화폐를 한국 돈으로 환산해서 준다. 그래서 우리 집 아이들은 영국 위인 이야기하는 날을 제일 좋아한다. 영국 파운드가 우리 돈으로 환산했을 때 가장 비싸다는 것을 절로 알게 된 것이다.

위인으로 시작한 책 이야기를 어떻게 하면 돈과 연결할 수 있을까 고민했다. 책을 통해 여러 분야를 조금씩이라도 알고 그로 인하여 세상 모든 것이 독자적으로 생겨난 것이 아니라 결국은 연결되어 있다는 것을 느끼게 해주고 싶었다. 그리하여 돈이란 한 나라의 역사이자 문화이자 사회이자 인물이 녹아든 유기체임을 깨닫게 해주고 싶었다.

책 이야기를 거듭해 나갈수록 뻗어나가는 가지가 점점 많아진다. 풍성해지고 길어지는 가지만큼 아이들의 생각과 돈에 대한 마음도 크고 넓어져 간다. 딱딱한 독서로 책과 멀어진 집이 있다면 이렇게 가족과 함께 이야기 나눠보는 시간을 갖는 건 어떨까? 재미와 함께 돈 이야기까지 더한다면 독서 토론 하는 날을 손꼽아 기다리는 아이들을 마주하게 될지도 모른다. 아이들과 만들어가는 가지가 풍성하고 길어질수록 지식과 지혜, 웃음과 행복, 돈과 풍요의 열매를 맺는 시간이 될 것이다.

화폐로 배우는 인물, 역사 이야기

어느 날 책상 위에 만 원짜리 지폐 한 장을 펼쳐놓고 한참을 쳐다보던 서진이가 묻는다.

"엄마, 나는 세종대왕님이 제일 큰일을 했다고 생각하는데 왜 오만 원이 아니고 만 원짜리에 있어?"

서진이는 세종대왕을 가장 존경한다. 글 쓸 때마다 한글이 없었으면 어쩔뻔했냐며 안도한다. 그런 녀석의 일등 위인인 세종대왕이 오만 원이 아닌 만 원짜리에 그려져 있는 게 못내 아쉬웠던 모양이다.

오만 원 권이 만들어진 것이 불과 몇 년 되지 않아서 그렇다고 이유를 알려주면서 시대의 흐름에 따라 새로운 돈이 만들어지기도 하고 없어지기도 한다는 말도 덧붙였다. 내 말이 끝나자마자 뭔가 생각난 듯 서진이가 눈을 동그랗게 뜨며 묻는다.

"엄마도 그럼 5원 주고 아이스께끼 사 먹어봤어?"

책에서 보니 옛날에는 아이스께끼가 5원이던데 엄마도 5원 주고 사 먹어 봤냐고 묻는 것이다. 그러면서 5원짜리는 어떻게 생겼냐고도 물었다. 아이스께끼가 5원 정도면 1960년대 후반인데 내 나이 생각하지 않고 그냥 물어본 거겠지. 엄마도 너처럼 '아이스크림' 먹은 세대라고 말하려다가 그 질문은 할머니 할아버지께 하라며 괜히 등짝을 한 대 쳤다.

직간접적으로 돈을 자꾸 눈에 익히니 그 자체로 교육이 된다. 처음부터 의도한 것은 아니었으나 자꾸 보니 친해진다. 친해지면 궁금하고 궁금하면 알고 싶은 게 사람 마음인지라 돈에 그려진 의미를 한 번 찾아보기로 했다. 퇴계 이황, 율곡 이이, 세종대왕, 신사임당. 우리나라의 지폐를 펼쳐놓고 아이들과 놀이하듯 인물 맞추기도 하고 지폐 앞뒷면에 그려진 그림도 찾아보며 논다.

지금은 4종이지만 70년대 초까지만 해도 우리나라에는 8종의 지폐가 있었다.

개인적으로 500원짜리 지폐를 갖고 싶다고 생각한 적이 있다. 그중에서도 60년대~70년대 중반까지 발행된 앞면에는 국보 1호 숭례문, 뒷면에는 '거북선이 그려진 500원'이 갖고 싶었다.

세계 최고를 자랑하는 우리나라의 선박 기술은 고(故) 정주영 회장을 빼놓고 이야기할 수 없다. 알다시피 500원으로 조선소를 일으킨 이 이야기를 잠깐 해볼까 한다. 1970년대 초. 아직 너무도 가난했던 우리나라는 이제 막 포항제철에서 만들어 낼 대량의 철을 소비해줄 산업이 필요했다. 정부에서는 정주영 회장에게 조선업을 권유했고, 이를 승인한 정 회장은 조선소 지을 돈을 빌리기 위해 일본과 미국의 문을 열심히 두드렸다. 그러나 후진국이었던 우리나라를 상대해주는 곳은 한 곳도 없었다. 이대로 포기하기엔 가난한 나라와 국민이 떠올라 차마 돌아올 수 없었던 정 회장은 다시 영국으로 발길을 돌려 영국의 은행 문을 두드려 보기로 했다. 은행에서 돈을 빌리려면 사업 계획서와 추천서가 필요했는데 영국 선박 회사인 A&P 애플도어에 의뢰했다. 일주일의 기다림 끝에 A&P 애플도어의 찰스 롱바톰 회장을 겨우 만날 수 있었다. 그러나 사업계획서는 써 줄 수 있으나 너무도 가난한 나라와 아무것도 없는 회사, 도대체 뭘 믿고 추천서를 써줄 수 있겠냐며 롱바톰 회장 역시 거절했다고 한다. 이때 정 회장은 자신의 바지 주머니에 있던 500원짜리 지폐를 생각해 냈다. 그리고는 주머니에서 거북선 그림의 지폐를 꺼내 펼치며 말했다고 한다.

"당신 나라 영국의 조선(shipbuilding) 역사는 1800년대부터 시작되었으나 우리 대한민국은 이보다 300년 앞선 1500년대부터 철로 함선을 만들었다. 이 함선 12척으로 130척이 넘는 일본의 함선을 물리쳤다. 이 돈을 통해 한국의 잠재력을 봐주시오."

지폐 속 거북선을 찬찬히 살펴보던 롱바톰 회장은 결국 웃으며 말했다 한다.

"당신은 당신네 조상에게 감사해야 할 겁니다."

그렇게 시작된 가난한 나라의 조선 사업이 지금은 세계 최고의 기술을 자랑한다.

어린 시절을 이 조선소가 있는 울산에서 보냈다. 버스를 타고 해안도로를 달리다 보면 저 멀리서부터 큰 배들이 하나둘 모습을 나타내기 시작한다. 얼마나 큰지 가늠조차 할 수 없는 크기의 배들을 볼 때마다 매번 입이 벌어졌던 기억이 있다. 조선소가 세워진 그 땅조차 온통 모래밭이었다는 부모님의 이야기를 듣고 나니 무에서 유를 만든 정주영 회장의 500원 지폐가 그렇게나 갖고 싶었다.

아이들과 화폐 놀이를 하다 이 이야기를 들려주었더니 다음번에 울산에 가면 조선소부터 가보고 싶다며 관심을 보였다. 500원 속 거북선에서 시작한 이야기가 너도나도 아는 배 이야기를 하나씩 꺼내다 보니 서진이의 '타이타닉'에서 서윤이의 '오리 배' 타보고 싶은 소망으로 끝맺던 날이다.

출처: 한국은행 홈페이지

지갑 속 10원짜리를 꺼내 이야기할 때는 우리 어린 시절 최고의 공포였던 '김민지 괴담'을 들려주기도 하고, 이번 방학 경주 다보탑 앞에서 근사하게 사진 한 장 찍어보자는 약속도 했다. 천 원 지폐 속 안동 도산서원도 가고, 옛 오천 원 속에 그려진 강릉 오죽헌도 가보기로 한다. 달러와 파운드, 유로와 엔, 위안과 동, 페소와 밧 등 나라가 바뀔 때마다 약속하는 곳도 늘어만 간다. 색깔이 예쁜 돈도 있고 그림이 예쁜 돈도 있다. 가치로서 의미가 있는 돈도 있고 역사적으로 의미가 있는 돈도 있다. 어느 순간 돈에 적혀 있는 숫자뿐 아니라 그 너머의 것까지 보게 된다. 그럴 때마다 돈이라는 이름 뒤에 꼭꼭 숨어있던 한 나라의 역사와 문화와 인물이 친근하게 말을 걸어온다.

통일을 이룬 신라의 크고 찬란한 문화를 바탕으로(십 원, 다보탑) 모자람 없이 배불리 먹으며(오십 원, 벼) 백의종군하는 시련에도 굽히지 않고(백 원, 이순신) 오래도록 번영과 도약을 노리며(오백 원, 두루미) 청렴하게 살아갈 수 있게 해 주소서.(천 원, 퇴계 이황) 국력을 굳건하게 하고(오천 원, 율곡 이이) 온 백성과 나라가 평안하고 부유하며(만원, 세종대왕) 대대손손 훌륭한 인재를 키워내는(오만 원, 신사임당) 나라가 되게 해 주소서.

우리 돈의 바람이 들리는 듯하다.

매일 쓰는 돈. 한 번쯤 그 안에 숨어있는 속사정을 들여다본다면 돈이 들려주는 재미난 이야기를 들을 수 있게 될 것이다. 엄마가 많은 것을 알아야 이야기 나눌 수 있지 않을까 하는 부담감은 내려놓아도 된다. 아이들에게 학습시키는 것은 더더욱 아니니 편안한 마음으로 지갑 속 돈을 꺼내 보자. 인터넷에서 돈 이름만 검색하면 나오는 많은 이야기 중 하나를 내가 먼저 읽고 아이들과 이야기 나누면 되는 것이다. 엄마가 주제만 꺼내면 나머지 이야기는 우리 아이들이 끌고 갈 테니 걱정하지 말고 돈 이야기를 시도해 보면 좋겠다. 쉽게 해야 할 수 있다.

전 세계 돈을 이야기하다 보면 따로 인문학 공부하지 않아도 돈

안에 그 모든 것이 들어있음을 절로 깨닫게 될 것이다. 인간의 욕망. 오랜 세월 돈에 붙어 온 이 수식어를 이제 또 다른 멋진 말로 바꿔줄 시간이다.

위) 신사임당과 율곡 이이 지폐 조형물 앞에서 기념 촬영
좌) 천 원 지폐의 배경을 찾아서
우) 10원 동전을 들고 다보탑 앞에서 한 컷

쉽게 배우는 경제 용어

사교육 안 시키는 엄마라지만 피아노 배우고 싶다는 아들의 말을 외면할 수 없어 얼마 전부터 서진이는 아파트 단지에 있는 피아노학원에 다닌다. 오빠가 학원에 다니는 게 부러웠던 건지 아니면 저도 피아노를 배우고 싶었던 건지 알 수 없으나 1학년이 된 서윤이도 같은 학원에 다니게 되었다.

어느 날 저녁을 먹으며 남편과 아이들에게 이런저런 이야기를 하다 다음 달부터 피아노 학원비가 1만 원 비싸진다는 이야기를 전했다.

앞서 말했듯이 아이들에게 들어가는 돈은 숨기지 않고 오픈한다. 본인들이 제일 먼저 알아야 할 일이고 교육비에서 차감한 만큼 저축으로 들어가는 돈이기에 모두가 있는 자리에서 말을 꺼냈다.

나: 다음 달부터 학원비 1만 원씩 더 내야 한대.

서진: 왜? 피아노 선생님 돈 많이 벌려고 그러는 거래?

갑자기 학원비가 오른다고 하니 피아노 선생님이 부자가 되려고 마음먹은 건가 싶어 서진이는 왜 돈을 더 내야 하는지 물었다. 이때다! 물가 인상과 최저임금 그리고 인플레이션까지, 더 나아가 이러한 것들이 우리 가정경제에 어떻게 영향을 미치는가에 관해 설명해 줄 절호의 기회.

사실 경제 교육은 용어도 어렵고 내용도 딱딱하므로 마음잡고 앉아서 공부처럼 하면 재미가 없다. 어른인 나도 지루한데 아이들은 오죽할까. 인간의 모든 활동이 경제 그 자체이니 생활 속에서 자연스레 알아가게 해주면 훨씬 이해하기 쉬울 것 같아 나는 이런 때를 노린다. 8살 서윤이도 이해할 수 있게 최대한 쉽고 천천히 설명을 시작했다.

물가가 올라서 그렇다. 물가는 물건의 가격을 말하는 건데 우리가 쓰는 물건을 비롯해서 안 오른 게 없다. 심지어 너희가 좋아하는 과자 가격도 다 올랐다. 피아노학원에서 쓰이는 전기나 물, 그리고 원장 선생님이 다른 선생님께 줘야 하는 월급까지 모든 게 올라서 그런 것이라고 설명했다. 여기까지 설명하고 나서 잠깐 쉬었다. 녀석들이 물가 인상에 대해 이해할 시간과 그 뒤를 궁금해할 여유를 주기 위함이었다. 가장 모범적인 다음 사항은 '엄마, 그럼 물가는 왜 오르는 거야?'라는 질문을 던지면 자연스레 인플레이션을 설명해주는 완벽한 구성이었지만 늘 그렇듯 완벽은 계획에서 끝이 난다.

숟가락 들어갈 때 빼고는 도무지 입을 벌릴 생각이 없어 보이는 녀석들을 기다리다 하는 수 없이 내가 먼저 입을 열었다.

"얘들아, 그럼 물가는 왜 비싸지는 걸까?"

정답을 바란 건 아니었으나 아이들은 매번 엉뚱한 대답이다.

서진: 음…. 아무래도 피아노 선생님이 부자가 되려고 그러나 봐!

서윤: 엄마! 나는 아직 피아노 한 손만 치니까 선생님께 말해서 돈 깎아달라고 해볼까?

그날따라 반찬이 너무 맛있었던 걸까? 각자 한 마디씩 던지고는 또 숟가락 들어갈 때만 바쁜 입이다. 인플레이션까지는 멀고 먼 길이었지만 밥을 먹는 동안 아이들이 알든 알지 못하든 쉽게 설명을 이어갔다. 비록 알아듣지 못하더라도 어느 순간 학원비가 오른 것과 과잣값이 오르는 것들이 인플레이션이라는 단어와 연관 있다는 것쯤은 어렴풋이 느끼게 되지 않을까 하는 마음이었다.

그 어느 날 물가가 오른다는 이야기를 들었을 때 오늘 나눈 이야기가 기억난다면 아이들은 그걸로 이미 〈물가-인플레이션〉을 연관 지을 힘이 생기게 될 것이다.

밥을 다 먹은 첫째가 문득 생각이 난 듯 호주머니를 뒤져 피아노 학원에서 가져온 비타민 사탕 하나를 입에 넣으며 말했다.

서진: 이런 거 안 주면 피아노 학원비 오천 원만 올려도 될 텐데.

서윤: 오빠는 많이 먹어서 진작 만 원 냈어야 하는데 선생님이 참다가 올렸을걸?

서진: 야, 아니라고! 엄마가 디스플레이 때문이라고 설명했잖아!

뭐지? 설마 지금 인플레이션이랑 디스플레이랑 헷갈린 것인가! 조금 전에 인플레이션 설명하느라 목에 핏대 세운 나는 누구인가, 여긴 어디인가! 처음이라 그렇지 듣다 보면 나아질 거라며 스스로 다독이는 상황이 돈 교육, 경제 교육하는 내내 여러 차례 발생한다. 하긴 나도 알게 된 지 얼마 안 됐는데 애들이 무슨 수로 인플레이션을 한 번에 알 수 있겠는가? 그저 오늘도 스며들 듯 단어 하나 던졌으니 그걸로 된 것이다.

어렵다. 그 어떤 것보다 경제와 금융과 돈은 나에게 어려운 것이었다. 무관심해서, 제대로 배워 본 적 없어서 더욱 어렵게 느껴졌었다. 그래서 아이들만큼은 좀 더 편안하게 배울 수 있게 해주고 싶었다. 어릴 때부터 실생활에서 겪고 익히며 자꾸 듣다 보면 친해질 수 있을 거란 생각이다.

경제 기사를 읽다가도 아이들이 옆에 있으면 더 큰 목소리와 과장된 표정으로 아이들의 흥미를 유발하려 노력한다. '그게 뭐야?'라고 물어주기를 바라는 나만의 구애의 몸짓이다. 일부러 노출시켜 용어 한 번, 단어 한 번이라도 우리 생활과 연결해 알려주려 한다. 학원비 인상과 인플레이션처럼.

지루하고 딱딱한 내용을 재미있게 바꾸는 재주는 없다. 그러나 그것을 이야기 나눴던 시간만큼은 즐겁고 유쾌한 기억으로 남겨주고 싶다. 인플레이션이 디스플레이가 될지언정 경제와 돈이 피하거나 꺼내기 싫은 주제가 되지 않도록 아이들에게 스며들게 해주고 싶은 마음이다. 조금씩 스며들어 점점 색이 진해져 갈 아이들을 기대하며 오늘도 기사 속 경제 단어 하나를 온 얼굴로 표현하며 큰 목소리 내어본다.

보드게임으로 시작한 부동산

수요일마다 아이들과 보드게임을 한다. 우리 집 공식 지정 게임 데이인데 그중 아이들은 부루마블 게임을 가장 좋아한다. 알다시피 부루마블은 전 세계 도시를 먼저 선점할수록 돈을 많이 벌 수 있는 게임이다. 이 간단한 논리가 현실에서도 이루어지고 있다는 점이 매번 놀라울 따름이다. 게임을 할 때마다 통행료가 제일 비싼 서울을 서로 차지하려고 야단이다. 한 번은 게임이 끝나고도 차지한 나라의 카드를 쉽게 내려놓지 못하는 아이들이 진짜 나라마다 내 집이 있었으면 좋겠다고 말했다.

상상만으로도 행복했다. 정말 그렇게만 된다면 미국, 프랑스, 이탈리아를 돌며 세계의 문화도 느끼고 동남아나 하와이 그 어딘가에서 휴양도 하면서 살 수 있지 않을까? 생각만으로도 두근두근

가슴이 떨렸다.

말 나온 김에 나라마다 집을 한 번 찾아보자 싶었다. 그런 동네 집값은 얼마나 되나 궁금하기도 했다.

가장 살고 싶은 하와이의 집들을 인터넷으로 찾아보며 아이들과 함께 행복한 꿈을 꿨다. 내 생애 저런 수영장 있는 근사한 집에 살아볼 수 있을까 싶어 보는 것만으로도 행복했다. 나와 달리 아이들은 가격을 확인하더니 돈을 조금만 더 모으면 살 수 있을 것 같다며 통장을 찾았다. 역시 아이들은 꿈을 크게 꾸는구나 싶어 대견했는데 달러 표기인 걸 모르고 자신만만하게 덤볐다는 것을 나중에야 알았다. 녀석들의 실수가 귀여워 한참을 웃었다. 그러나 알고 나서도 무슨 수로 그런 집을 사겠냐며 기를 꺾지 않았다. 진짜 살 수도 있지 않을까 하는 행복한 상상과 함께 꼭 사서 엄마 초대하라며 기대의 씨앗 하나 심어줄 뿐이다.

서른이 넘도록 등기부등본을 볼 줄 몰랐다. 아니, 본 적이 없었다. 자취방과 신혼집 전세를 구할 때 잠깐 본 기억이 있지만 부동산 사장님이 괜찮다고 하니 괜찮은 거겠지 싶었다. 등기부등본보다 인테리어가 얼마나 잘 되어 있느냐가 신혼의 단꿈을 이뤄줄 제일 큰 조건이었기에 중요한 것이 무엇인지도 모르고 몇억씩이나 되는 돈을 덜컥 건넨 기억이 난다. 좋게 말하면 순수했고, 나쁘게 말하면 세상 물정 모르는 사기 당하기 딱 좋은 대상이었다. 나이 서른이 넘어서까지 등기부등본을 볼 줄 모른다는 사실이 부끄럽지 않았다. 부동산 거래를 해 본 적 없으니 모르는 게 당연한 듯 당당했다.

어른이 되면 자연스럽게 알게 되는 줄 알았는데 가르쳐 주는 사람도 없고 배우려 한 적도 없어 여전히 모르고 지냈다. 집 이야기가 나온 김에 아이들에게 등기부등본을 보여주고 싶었다. 집을 살 때 살펴봐야 하는 '서류'가 있다는 것, 그 종이에 어떠한 것들이 기록되어 있는지 정도는 가볍게 이야기가 가능할 것 같았다.

〈대법원 인터넷 등기소〉에 접속해서 우리 집 주소를 입력한 후 등기부등본을 출력했다. [갑구]와 [을구]로 나누어진 부분 중 [을구]에 있는 것들을 함께 살펴봤다. 실제 집을 매매할 때도 [을구]의 내용을 잘 살펴봐야 한다. 2006년 7월 1일 이후 거래에는 매매가격도 필수로 기록되어 있기에 어떤 사람들이 얼마에 집을 샀는지도 알 수 있다. 또한 집을 사기 위해 대출을 일으킨 내용과 주인이 몇 번이나 바뀌었는지도 볼 수 있다. 사실 서류상에 적힌 말들이 전부 어려운 단어들이라 휙 보고 지나칠 걸로 생각했다. 그러나 아이들은 의외로 관심을 보였다. 내가 사는 집에 이런 사정이 있었냐며 유심히 본다. 친한 친구의 몰랐던 속사정을 듣게 된 것 같은 기분이었을까. 마치 비밀 일기장이라도 발견한 것처럼 아이들은 묻고 또 물으며 신기한 듯 등기부등본을 들여다봤다.

우리 집은 그동안 주인이 다섯 차례나 바뀌었는데 두 번째 주인이 집을 여러 차례 은행에 담보로 잡은 기록이 있었다. 아이들 말마따나 그때마다 주인도 이 집도 마음이 두근두근 철렁했을 것이다. 우리 집 역사를 훑어보고 나니 아이들은 다른 집 사정도 궁금해진 모양이다. 그날 늦게까지 할머니 집과 삼촌 집까지 찾아보며 등기부등본을 들여다봤다.

'애들이 뭘 안다고 끼어들어!'

생각해보면 어릴 적 가장 상처 되는 말 중 하나였다. 아이들을 지키고 싶은 어른들의 방어적 표현이었겠지만 막상 그 보호를 받는 아이 입장이었던 적을 생각하면 무시당한다는 느낌을 지울 수가 없다. 나라는 존재가 너무도 가벼워 아무것도 아닌 사람이라는 생각까지 든다. 특히 돈 이나 집 이야기할 때는 일급비밀이라도 새어 나갈까 봐 어른들은 더욱더 목소리를 낮춘다. 아이들을 통해 예민한 이야기가 밖으로 나갈 것을 우려한 노파심에 줄인 목소리였을 것이다.

나는 어른이 되어도 '너희가 뭘 안다고.' 같은 말은 하지 말아야겠다고 다짐했었다. 그러나 막상 그 나이가 되고 보니 돈과 집 이야기를 하기엔 역시나 어리게만 보이는 아이들이다. 아마 우리네 부모님도 조금 더 크면 말해주자, 조금 더 자라면 알려주자고 차일피일 미루다 여기까지 온 것일지도 모르겠다. 그리고 이젠 컸으니 알아서 하겠지 싶은 마음에 시기를 놓쳤을 수도 있다. 아니면 혹시 부모님조차 아직 몰라서 못 가르쳐 주는 것일지도 모른다.

아이들에게 살면서 필요로 하는 것들은 무엇이든지 가르쳐 주고자 한다. 커서 배워도 되는 일이면 어려서 배우지 않을 이유가 없다는 게 내 생각이다.

하와이에서 살고 싶은 집을 하나씩 골라 각자의 책상 앞에 붙였다. 당장 살 것도 아니고 살 수도 없는데 집을 고르는 내내 어찌나 신중한지 아이들의 진지함에 한참을 기다려야 했다. 진짜 내 집이라고 생각하는 것인지 집 내부 사진, 가격, 주변 환경까지 살핀다. 집 앞에 바다가 있어야 한다는 서진이와 달리 무조건 쇼핑센터가 옆에 있으면 좋겠다는 서윤이의 바람이 담긴 각자의 집을 선택해 본다. 가본 적도 없는 하와이인데 벌써 집이 두 채나 생겼다.

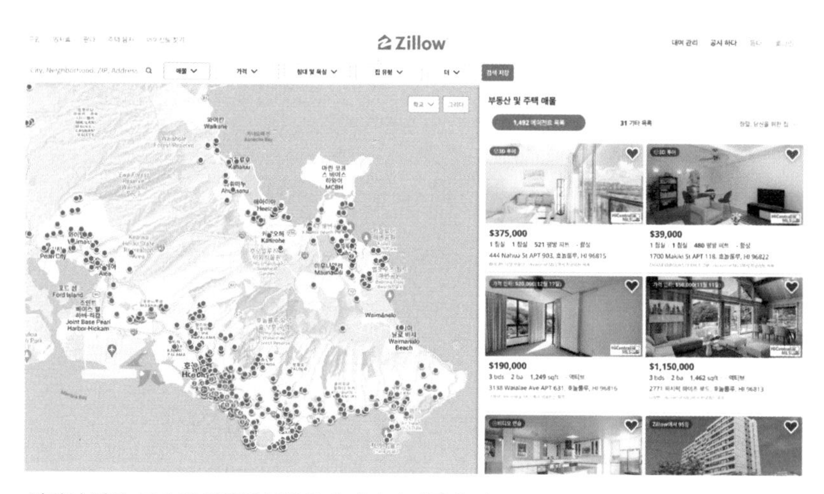

하와이 집을 고를 때 이용한 질로우 홈페이지 사진 출처: www.zillow.com

하와이에서 시작한 부동산 매매가 부루마블 게임이 끝날 때마다 나라별로 한 채씩 늘어간다. 서울과 부산 제주도에서도 마음에 드는 집을 한 채씩 고르고 이젠 등기부등본까지 확인한다. 나는 서른이 훌쩍 넘어서야 알게 된 등기부등본 보는 법을 벌써 챙기고 확인하는 아이들이다.

누군가는 쓸데없는 짓이라고 할지도 모르겠다. 사지도 못할 집을 왜 사진으로 뽑고 서류까지 보느냐고 한심하다고 생각할지도 모른다. 그런데 살 수도 있지 않을까? 아이들은 진짜 사겠다는 생각으로 집을 고르고 선택한다. 덕분에 나도 나라마다 근사한 집 한 채씩 장만해 나가는 중이다.

게임으로 시작한 이야기가 꿈의 집을 고르고 그 집에서 살아갈 수도 있다는 기대로 이어진다. 아이들의 희망이 꿈에서 끝나지 않기를 바라며 나는 계속해서 아이들과 도시마다 나라마다 집을 찾는다.

집은 어른들만의 영역이라는 생각을 버리면 아이들과 할 수 있는 이야기가 많다는 것을 알게 될 것이다. 뭘 알겠냐며 선 긋지 않으면 등기부등본까지 함께 확인하는 순간을 마주하게 될 것이다.

일급비밀이 아니라면 최대한 우리 아이들도 이야기에 끼워주면 어떨까? 미루고 또 미루면 나처럼 그리고 당신처럼 서른이 훌쩍 넘은 그 어느 날 아무것도 모른 채 사회 한 가운데 서 있게 될지도 모른다. 가족 모두가 함께 생활하는 공간인 만큼 집 이야기는 온 가족이 함께 나눠보면 좋겠다.

꿈의 집 한 채쯤 컬러 프린트로 근사하게 뽑아놓고 매일 들여다보는 행복감 만끽해보자. 현실은 꿈의 예고편이니까 말이다.

〈나라별 대표적인 부동산 매매 사이트〉

영국	www.zoopla.co.uk
이탈리아	www.immobiliare.it
프랑스	www.seloger.com
일본	www.suumo.jp

아쿠아리움과 주식

부산에 사는 사람이 해운대로 놀러 가지 않듯, 서울에 살아도 한강 유람선을 타거나 63빌딩을 가지 않게 된다. 나 역시 유람선을 타거나 63빌딩을 일부러 찾아가 본 적 없다. 그러던 어느 날 63빌딩에 있는 아쿠아리움 티켓을 선물 받아 아이들과 처음으로 가게 되었다.

고래며 만타가오리, 수달, 펭귄 등 책으로만 보던 동물들을 신나게 구경하고 시간대에 맞춰 이루어지는 공연까지 알뜰히 챙겨보며 즐거운 시간을 보냈다. 핫도그와 달콤한 솜사탕까지 하나씩 해치우고 밖을 나오면, 아까 봤던 동물 친구들의 인형과 액세서리가 손짓하는 선물 가게가 기다리고 있다. 진짜 고래는 못 데려가도 인형은 데려갈 수 있지 않으냐며 고래 인형 하나와 너무 귀여워서 차마 안 살 수 없다는 펭귄 열쇠고리까지 계산을 마친 후에야 집으로 돌아올 수 있었다.

최고의 하루였다고 말하며 선물 가게에서 데려온 고래와 펭귄을 가지고 놀던 서진이와 서윤이가 말한다.

서윤: 63빌딩 사장님은 좋겠다 그치?

서진: 응. 맨날 아쿠아리움 갈 수도 있고, 거기 있는 인형 다 사장님 것이니까 얼마나 좋을까?

언제부턴가 아이들은 좋은 곳을 가거나 좋은 것을 보면 그곳 사장님은 좋겠다는 부러움을 표하곤 했다. 내가 어렸을 적 학교 앞 문방구 사장님을 가장 동경했던 것처럼 상대가 달라졌을 뿐 시대가 변해도 아이들의 마음은 늘 같은 모양이다. 그날도 63빌딩 사장님을 부러워하며 인형 놀이를 하는 두 아이였다. 대화를 엿듣다 너희도 커서 사장님 해라 같은 이야기를 하려다 먼 훗날이 아닌 지금, 사장이 되게 해줘야겠다고 생각했다. 당장 아이들 손을 잡고 집 앞에 있는 은행에 갔다. 그리고는 '주식연결 계좌'를 만들었다. 그리고 그날 아이들에게 63빌딩을 사주겠다며 '한화' 주식 1주를 매수해줬다. 그게 시작이었다.

엄마가 뭘 사줬다는 데 손에 들어온 게 없으니 아이들 반응이 영 시큰둥했다. 다시 인형 놀이에 빠진 아이들을 돌려 앉히고선 주식 이야기를 꺼냈다. 너희들이 이 회사의 주인 중 한 사람이 되었다,

회사가 잘되면 주식 가격이 점점 올라가게 된다, 반대로 장사가 잘되지 않거나 운영을 잘못하면 가격이 내려갈 수도 있다고 설명했지만, 여전히 뚱한 표정이다. 한참 재미있게 인형 놀이 중인데 엄마가 갑자기 왜 이러나 싶은 모양이다. 다시 천천히 이야기를 이어갔다.

나: 아쿠아리움에 사람들이 많이 오고, 고래 인형이랑 펭귄 열쇠고리를 많이 사가면 거기 사장님은 어떨까?

서진: 기분 좋겠지. 돈도 많이 벌고!

나: 그래. 그거야! 장사가 잘되면 사장님이 부자가 되는 것처럼 너네도 마찬가지야. 너희도 이 회사 샀으니까 사장님이랑 같은 거야.

회사를 샀다는 말에 눈이 동그래져서 그럼 자기가 이제 사장님 된 거냐 묻는다. 사장은 아니지만, 회사 주인 중 한 명이라고 설명했다. 그럼 다음 주에 다시 가서 고래랑 수달이랑 또 구경만 하고 못 샀던 인형도 몇 개 더 '가져오겠다'라고 한다. 물론 공짜로. 이제 주인이니까 돈 낼 필요가 없다며.

역시 애들은 애들이다. 주식이든 뭐든 간에 주인이라고 하니 인형이나 더 가져와야겠다는 생각이다. 한참을 웃다가 주주가 아닌 도둑놈이 될까 봐 얼른 설명을 이었다. 우리는 여러 명의 주인 중 한 명이라서 다른 주인들과 상의해야 한다, 그래서 주인이라도 공짜로 들어가거나 함부로 물건을 가져와서는 안 된다고 덧붙였다.

다른 주인들도 다 공짜로 입장하거나 그냥 가져가면 회사가 망할 지도 모른다고 했더니 그제야 고개를 끄덕이며 아쉬운 표정이다. 대신 회사가 잘 되면 주식 가격이 오르니까 어떻게 하면 회사가 잘 될지 생각해보라며 이야기를 마쳤다.

일주일 뒤 학교를 마치고 돌아온 서진이가 뿌듯한 목소리로 나를 찾는다. 지난번 주식을 처음 산 날 어떻게 하면 장사가 잘될지 고민해봤는데 본인이 직접 홍보를 하는 게 좋겠다는 생각이 들었다고 한다. 반 친구들에게 아쿠아리움 다녀온 경험을 온종일 자랑하면서 꼭 63빌딩으로 가라고 했단다. 거기로 가야지만 자신이 들고 있는 귀여운 펭귄 열쇠고리를 살 수 있다는 말과 함께. 주말 지나고 등교한 오늘, 학교에 갔더니 반 친구 3명이나 63빌딩을 다녀왔다며 뿌듯해했다. 그리곤 나를 재촉했다.

서진: 엄마 주식 얼마나 올랐나 봐봐 얼른!

마냥 예금 통장에만 모아두던 교육비 잔금과 아이들 이름으로 받던 용돈을 이렇게 주식으로 연결하게 되었다. 해야지 해야지 하며 미루고만 있던 일이었는데 막상 한 번 계좌를 터놓고 나니 그 뒤로는 돈이 모일 때마다 사고 싶은 주식을 바로 매수하게 된다.

재무제표를 보거나 차트를 읽거나 주식 창을 들여다보고 있어도 내게는 마냥 어려운 주식이다. 그래서 아이들과 일정 금액이 모일 때마다 사고 싶은 회사를 고르고 한 주씩만 매수하는 편이다. 여행지에서 알게 된 좋은 리조트, 음식을 먹다가 알게 된 식품의 브랜드, 재미있고 친구들에게 인기 많은 게임회사 등, 관심이 생길 때마다 아이들은 그 회사 주식을 사 달라고 말하곤 한다.

지금은 오직 매수만 한다. 아이들이 주식을 스스로 매매할 수 있을 때 매도권리도 넘겨줄 생각이다.

매도까지는 아직 한참이나 남아서 요즘은 같은 주식이라도 배당을 주는 주식을 더 선호하게 되었고 자연스레 배당이 더 많이 이루어지는 미국 주식 수를 늘려가게 된다.

한 달 또는 두 달에 한 번 한 주씩 매수하는 바람에 아직은 너무도 미미하지만 주주총회가 열릴 때마다 집으로 날아오는 우편물을 보면서 아이들에게 회사의 주인임과 동시에 주식 가격이 그때마다 어떻게 변화되는지 알려주고 있다.

아이 이름으로 모은 돈을 예금 통장에 넣어두었다가 건네면 훗날 아이에게 큰 보탬이 될 것이다. 그리고 그 돈 중 일부는 주식을 사보면 어떨까 조심스레 의견 내본다. 주식을 살 때마다 아이와 함께 고민하고 투자한 돈은 훨씬 더 훌륭한 자산과 가치를 가지게 될 것이라고 믿는다. 비록 주식 가격이 예금 통장에만 넣어두었던 것보다 한참 모자라게 되는 일이 생기게 될지라도 자신이 선택한 주식이 어째서 그런 결과를 낳게 되었는지 고민하게 될 것이고, 가치를 알아보는 눈을 키우는 계기가 되리라는 생각이다.

다 해줄 수 없다. 해줄 수만 있다면 젖먹이 어린 시절처럼 평생 끼고 살면서 하나부터 열까지 다 해주고 싶은 것이 부모 마음이다. 그러나 그렇지 못하다는 것을 알기에 미리미리 경험하여 부딪히고 넘어지는 연습을 시키려 한다. 그것이 돈에 관한 것이라면 더더욱.

이번 주말, 우리 아이들이 좋아하는 것이 있다면 그 회사 주식을 한 주 사서 같이 이야기 나눠보면 어떨까? 생각보다 나눌 이야기가 많음에 놀랄지도 모른다. 회사의 주주가 되어가며 커나갈 아이들이 어느 순간 돈과 자기 자신에게도 주인의식 가득 품은 인생의 주주로 성장하게 되리라 기대한다.

시장에서 가장 돈을 잘 버는 사람

시부모님 사시는 동네에 늘 사람들로 북적이는 시장이 하나 있다. 아무래도 손님이 많다 보니 물건 소진도 빠르고 서로 경쟁하듯 좋은 물건과 가격으로 사람들을 불러 모으는 활기찬 곳이다. 주말에 한 번씩 시댁에 가게 되면 어김없이 장바구니를 들고 시장을 누비는데 아이들도 빠지지 않고 꼭 따라나선다. 계절마다 바뀌는 채소와 과일들이며 우리 동네 마트에서는 구경하기 어려운 살아있는 물고기와 이따금 껍질을 열고 물을 뿜어대는 조개까지. 시장 구경하느라 시간 가는 줄 모른다.

한 번은 시장에서 3개에 2,000원 하는 파프리카를 사려고 이것저것 고르다가 결국은 다른 것만 잔뜩 사서 돌아온 적이 있다. 집에 돌아와 하는 수 없이 집 앞 마트에 가서 파프리카를 사려는데 가격이 3,890원이었다. 두 배 가까이 차이 나는 가격이지만 필요한 재료라 어쩔 수 없이 집어 들고서는 카드로 계산을 마쳤다. 마트를 나서는데 아무래도 이상한지 서진이가 묻는다.

서진: 엄마, 왜 여기 파프리카는 훨씬 비싸? 카드로 사서 그런 건가?

예전 같으면 아무렇지도 않게 넘겼을 일이 이젠 하나씩 궁금증으로 다가오는 모양이다. 가격에 진심인 녀석을 보니 조금씩 노출해왔던 돈 이야기가 슬슬 효과를 발휘하는 듯하여 내심 기뻤다.

마트는 시장과 달리 중간 유통 과정이 더 길고, 포장비며 광고비, 그리고 그 모든 일에 들어가는 사람의 노동비가 포함되어 그렇다고 이야기해 주었다. 그랬더니 녀석이 하는 말이 자기도 이제 그 정도는 대충 안다고 했다. 진짜 궁금한 건 왜 시장에서는 카드 안 된다고 했는데 마트는 카드로 계산을 해도 되냐는 거다. 사실 이럴 때 제일 난감하다. 어디까지 이야기를 해줘야 할지 기준 잡기가 힘든 것이다. 이럴 때는 정공법으로 있는 그대로 이야기해 주고 아이에게 판단을 맡기는 게 맞다 싶어 사실대로 이야기를 전했다.

원래 모든 계산은 현금이든, 카드든 상관없이 가능하지만 시장 상인들은 사업자 즉, 어떤 장사를 한다는 허가를 내지 않은 경우가 많아 카드가 안 된다, 사업자라고 해도 카드는 카드회사에 줘야 하는 수수료가 따로 있어 현금거래를 더 선호한다고 사실대로 말했다. 아니 그럼 물건을 파는데 사업자로 등록도 안 하고, 현금만 받고 카드 안 받는 건 잘못된 것 아니냐고 따져 물을까 봐 조마조마했다. 평소 선에서 벗어나는 것을 용납 못하는 원칙주의자인 녀석의 다음 말이 무엇일지 생각하며 나름 여러 방면의 답변을 준비하고 있었다.

서진: 아, 그래서 싸게 파는구나? 신고하지 말라고? 그럼 엄마도 공범인 건가?

뭐? 공범? 갑자기 무슨 답변을 해줄까 고민하던 엄마에서 사실을 묵인한 공범이 되고 말았다. 파프리카에서 시작한 이야기가 어째서 이렇게 된 건지….

아이들과 돈, 경제 이야기를 하다 보면 예기치 않게 흘러갈 때가 많다. 해주고 싶었던 이야기는 정작 따로 있는데 아이들은 전혀 내가 원하는 방향으로 이야기를 끌고 가 주지 않는 것이다. 이날도 파프리카의 가격이 시장과 마트에서 왜 다른지, 그래서 마트는 왜 비싼지, 정작 파프리카를 키우는 농부에게는 어떤 이익이 생기는지를 알려주고 싶었지만 내 뜻과는 전혀 다르게 나는 공범이 되고 말았다.

억울한 누명을 벗어야만 했다. 흥분한 마음을 최대한 가라앉히고 목소리를 낮추어 말했다. 노점에서 물건을 파는 상인들은 보통 사업자로 신고하지 않는다, 일정한 가게가 없으니 신고를 할 수가 없다, 그리고 현금을 내는 조건으로 카드 수수료만큼의 가격을 제외하고 싸게 파는 것이며 이것이 영업 전략이 될 수도 있다고 했다. 이것이야말로 소비자와 판매자가 서로 좋은 win-win이라고 해명했다. 카드 결제를 원하는 사람은 마트를 이용하면 되는데 이건 어디까지나 소비자의 선택이라는 말도 덧붙였다.

아마 다 이해하지 못했을 것이다. 처음부터 이해를 바라고 시작한 이야기도 아니었거니와 한 번에 이해하기 어렵다는 것을 안다. 다만 이런 이야기를 통해 생산자-판매자-소비자의 관계를 한 번쯤 생각해보게 되지 않을까? 그리고 그 사이에서 진짜 이익을 가져가는 사람은 누구인가 하는 고민도 해보며 생각을 확장해 나가면 좋겠다는 마음이다.

설명을 다 듣고 난 서진이 말에 의하면 제일 좋은 사람은 아무리 생각해도 카드 회사 사장이란다. 농부도 일해야 하고 물건을 파는 판매자도 일해야 하고 물건을 사는 우리도 직접 시장이나 마트에 가는 수고를 해야 원하는 것을 얻을 수 있는데 정작 카드 회사 사장님은 가만히 앉아서 누구든 카드만 쓰면 수수료를 받으니 그보다 좋을 수 없다는 것이다.

녀석이 이렇게까지 깊이 생각할 줄이야. 비록 내가 원하는 방향으로 흘러가지 않은 이야기였지만 생산자-판매자-소비자의 최고 수혜자는 카드회사로 결론지어지며 끝이 났다.

아이들과 나누는 돈과 경제 이야기에 정해진 답은 없다. 다른 교육과 달리 1+1에 대한 답이 꼭 2가 되지 않는다. 1이 될 수도 10이 될 수도 있다. 그래서 누구나 할 수 있는 이야기이고 공부이다. 다만 1+1이 뭐냐고 질문을 던지는 사람은 필요하다. 질문만 하면 답은 아이들 스스로 풀어낼 테니 지켜보며 무슨 답이든 들어주기만 하면 된다. 정답 없는 공부이기에 끝이 없는 공부이기도 하다. 언제 어디서나 누구든지 함께 할 수 있다. 다만 그 '누구든지'가 우리 부모들이길 바란다.

국어, 영어, 수학 그 모든 과목은 다른 이에게 맡기더라도 돈과 경제만큼은 부모인 우리가 나서서 알려줬으면 한다. 술을 처음 배울 때 부모님이나 어른들에게 배우는 것처럼 우리 아이들이 돈을 처음 배우는 그곳이 다름 아닌 가정이었으면 좋겠다. 어른에게 술을 배워야 정신을 바로 잡고 애쓰며 나쁜 주사가 들지 않는 것처럼 엄마인 그리고 아빠인 우리가 그 누구보다 먼저 아이들에게 돈과 경제에 대한 올바른 인식을 심어주면 좋겠다. 정답 없는 이 교육에서 우리 집만의 답을 찾아 나갈 수 있도록 나는 여전히 아이들 손 잡고 시장과 마트를 누빈다.

중고품의 가격은 얼마가 적당할까

계절마다 아이들 옷을 정리한다. 종이상자를 가득 채울 만큼 많이 나오면 단체에 기부하고, 한두 벌 어중간하게 나올 때는 중고 사이트에 올려 싸게 팔거나 나눈다.

한 번은 여동생이 미국 신혼여행에서 사 온 서진이 옷이 크기가 맞지 않아 내놓게 되었다. 조카 생각하는 이모 마음에 얼마나 이리 재고 저리 따지며 골랐을지 눈에 선한 옷들이었다. 엄마들은 가격과 실용성을 고려하는 반면, 이모들은 우리 조카가 입었을 때 멋지거나 근사해 보일 수만 있다면 바로 지갑을 연다. 엄마들 사이에서 이모 있는 집 애들이 제일 부럽다는 진심 어린 농담이 그냥 나오는 말이 아니다. 우리 아이들 역시 그런 조카 바보 이모를 둔 덕에 가지고 있는 옷 중 비싼 건 죄다 여동생이 사다 준 것이다. 이것마저 팔고 나면 비싼 옷 하나 남지 않게 될 테지만 몸에 맞지 않는 옷을 자리 차지만 하게 둘 순 없었다. 아무리 비싸고 좋은 것도 쓰이지 못하면 본연의 가치가 없어진다는 것을 알면서도 그 왼쪽 가슴의 브랜드 로고가 뭐라고 그렇게 집착을 하게 되는 건지…. 정작 옷 주인인 서진이는 불편하다며 입지 않는 옷을 나 혼자 아까워 이리 재고 저리 대보며 미련을 버리지 못한다.

서진이에게 직접 가격을 정하라고 했다. 한 번 흘끗 쳐다보더니 자신에게는 더 이상 필요 없는 옷이니 계산하기 쉽게 한 벌당 5천 원에 팔자 한다.

이게 얼마짜리인데 5천 원이라니! 몇 번 입지도 못해 아직 새 옷 같은데…. 역시 애들은 비싼 걸 사줘도 모른다 싶었다. 티셔츠면 몰라도 오리털이 빵빵하게 든 겨울 점퍼와 중요한 날 입으면 부잣집 도련님 분위기를 풍길 수 있는 금 단추의 멋진 재킷인데 그럴 순 없다며 녀석이 부른 가격의 10배인 5만 원에 팔아보기로 했다. 새 옷도 5만 원 하지 않는 게 얼마나 많은데 누가 입던 걸 그 돈 주고 사겠냐며 녀석은 끝까지 내가 제시한 가격을 반대했다. 원가 자체가 비싼 옷이라 충분히 팔릴 수 있다는 나의 고집에 일단은 5만 원으로 결정하고 인터넷에 옷을 올렸다.

그날 저녁. 오리털 점퍼를 사겠다는 사람이 한꺼번에 4명이나 나타났다. 결론부터 말하자면 오리털 점퍼는 8만 원에 팔렸다. 너도나도 서로 사겠다고 하는 바람에 본인들끼리 댓글로 가격을 올리다가 8만 원을 부른 사람이 결국 가져가게 되었다. 오리털 점퍼와는 다르게 일주일이 지나도록 연락이 없던 도련님 재킷은 가격을 3만 8천 원으로 낮추고서야 팔 수 있었다.

이 모든 상황을 아이들에게 공유했다. 점퍼를 사려는 사람들이 가격을 서로 높게 올리는 상황과 도련님 재킷이 일주일 넘게 팔리지 않고 있다는 이야기를 전했다.

서윤: 엄마, 하나는 서로 사려고 해서 비싸졌는데 또 다른 하나는 아무도 안 산다. 그치?

첫째도 아닌 8살 둘째가 이런 말을 했다는 사실에 새삼 놀랐다. 수요와 공급으로 시장가격이 결정된다는 것을 이렇게 자연스럽게 깨닫는다. 여기서 끝이 아니라 왜 오리털 점퍼는 잘 팔리고 도련님 재킷은 잘 안 팔렸을까에 대해 무심하게 질문을 던졌다. 꼭 자리에 앉아 공책 펴고 연필 쥐고 하는 교육이 아니라 모든 상황에서 그다음을 연결하는 질문을 하며 경제와 돈 이야기를 꺼낸다.

오리털 점퍼는 따뜻하고 편하고 무엇보다 이제 날씨가 추워지니 꼭 필요해서 잘 팔렸을 거고, 도련님 재킷은 예쁘긴 한데 불편하고 입을 일이 많이 없으니 다들 안 살 거라는 결론이 나왔다. 내가 생각하는 좀 더 근본적인 원인은 오리털 점퍼의 브랜드가 훨씬 비싼 것이어서가 아닐까 하는 생각이었지만 굳이 아니라고 반박하지 않았다. 요점은 아이들이 스스로 수요와 가격에 관한 생각을 추가해봤다는 것이다. 결론의 맞고 틀림이 중요하지 않다.

그럼 어떻게 해야 도련님 재킷을 더 잘 팔 수 있을까 하고 다시 물었더니 아마 끝까지 잘 안 팔릴 거라고 서진이는 딱 잘라 말했다. 자신은 초등학교 입학식 때랑 엄마 친척 결혼식 때 딱 두 번밖에 안 입어 봤기 때문에 다른 사람들도 별로 필요치 않을 것이라 했다. 오빠보다 시장경제를 빨리 깨우친 건지 단지 옷에 관심이 많아서인지 이내 서윤이가 기가 막힌 답을 했다.

서윤: 엄마, 그럼 초등학교 입학식 날 학교 앞이나 예식장 앞에 가져가서 팔자!

이런저런 이야기 끝에 아이들은 결론을 내렸다. 도련님 재킷은 좀 더 있다 팔았어야 했단다. 봄에 초등학교 입학쯤에 팔았으면 더 비싼 값을 받을 수 있었을 것이라는 의견이었다. 맞든 틀리든 공급의 적정 타이밍까지 생각해 낸 녀석들이 기특했다.

경제 교육하는 집 아이들이니 그렇지 않을까 하고 넘겨짚지 않았으면 좋겠다. 앞서 이야기했듯 누구든 언제나 할 수 있는 평범한 이야기들일 뿐이다. 지금껏 하는 이야기에서 느꼈겠지만, 그냥 옆에서 아이들에게 '왜 그럴까?'를 자꾸 물어볼 뿐이다. 똑똑하고 호기심 많은 아이들은 끊임없이 '왜?'라고 물으며 부모를 귀찮게 한다는데 우리 집에는 그렇게 물어봐 주는 아이들이 없어서 오히려 내가 묻는 것이다.

도련님 재킷 최적의 공급 타이밍을 찾은 아이들에게 반대로 그럼 이런 옷은 언제 사면 싸게 살 수 있는지 수요의 타이밍까지 물었다. 긴팔이니까 이건 무조건 여름에 사야 한다는 재킷 주인이었던 오빠의 야무진 대답에 생각만 해도 덥다며 손부채질하는 동생이다.

쓰지 않는 물건을 중고로 팔아본 기억은 누구나 있을 것이다. 가격을 올리며 팔아본 적은 없어도 내려서 팔아본 적은 많을 것이다. 이때 무심코 넘기지 않고 아이들과 가격에 관한 이야기를 자연스럽게 나눠보면 어떨까? 팔기 전에는 얼마에 팔 것인지, 파는 중에는 왜 안 팔리는지, 잘 팔려면 어떻게 해야 하는지, 팔고 나서는 어떻게 했어야 더 비싼 가격을 받을 수 있었는지 질문 툭툭 던지며 아이들과 함께 이야기 나눈다.

비록 입던 옷 하나 파는 것이지만 가격 결정의 모든 요소를 간접적으로 경험하는 훌륭한 기회가 된다. 나에게 필요 없는 물건이 다른 사람에게는 돈을 낼 가치 있는 수단으로 바뀔 수 있다는 것도 배운다. 시장에서 형성된 가격이 나에게 그만한 가치를 가져다주는 물건인지까지 고민해보게 된다면 아마 더 바랄 것 없는 훌륭한 경제 교육이 될 것이다. 나에게는 5천 원의 값어치밖에 되지 않지만 다른 누군가에겐 8만 원의 가치로 다가갈 수 있다는 것을 알게 되는 것처럼 말이다. 가격을 넘어서는 가치를 보는 눈. 그것이 바로 사람들이 부자들로부터 배우고 싶어 하는 '혜안'이자 '식견'이다.

하루아침에 이루어지는 것 없다는 말의 뜻을 나이 마흔이 넘어서야 깨닫는다. '걔네 집 원래 부자야.'라고 제쳐두었던 그 친구도 사실은 아버지, 혹은 할아버지. 어쩌면 할아버지의 할아버지 시절 누군가의 노력으로 이루어 낸 부일 것이다. 갑자기 주식으로 부자가 되어 퇴직했다는 옆 부서 김 과장 역시 몇 년을 불안함에 마음 졸이며 리스크 분석하고 공부한 결과로 맛보게 된 수익일 것이다. 현재의 결과만 보니 마냥 부러울 뿐이다. 정작 그 속에서 하나씩 쌓아 올리는 과정은 다 알려줘도 따라 하지 못할 만큼 힘든 것임을 알기에 외면하고 싶은 것이다.

원래 부자인 그 친구와 김 과장처럼 나도 아이들에게 많은 재산 물려줄 수 있다면 얼마나 좋을까? 그러면서 또 생각한다. 만약 아이가 다 잃게 된대도 또다시 모을 수 있는 지혜와 능력도 함께 주고 싶다고. 한 번에 계좌이체 하듯 넘겨지는 능력과 지혜가 아님을 알기에, 입던 옷 한 벌 파는 작은 이벤트까지 함께하며 그 속에 숨은 과정과 경험을 나눠본다. 그 수많은 과정과 경험들이 '혜안'과 '식견'이라는 이름으로 아이들과 함께 성장해 주기를 바라며….

명품이 비싼 이유

딸아이라 그런지 액세서리에 관심이 많은 서윤이다. 머리핀이며 목걸이, 브로치, 열쇠고리, 하물며 여름 샌들에 달고 다니는 작은 액세서리까지 보일 때마다 갖고 싶어 몸이 단다. 봄에는 핑크색 꽃 머리핀을 꽂아야 하고, 여름에는 파란색 팔찌를 차야 한다고 말한다. 가을에는 나뭇잎 모양 브로치를 원피스 위에 달아야 하고, 겨울에는 털실이 뭉쳐져 있는 하얗고 몽실몽실한 열쇠고리가 필요하단다. 인맥을 총동원해서 할아버지, 할머니, 아빠한테까지 원하는 품목을 하나씩 얻고 나면 그때야 한 계절을 보낼 수 있게 된다.

계절마다, 한 살씩 나이를 먹을 때마다, 바뀌는 취향을 따라가기가 벅찰 지경이다. 열 달 동안 내 배 속에 있다 나왔는데 무채색 옷 한 벌이면 끝인 나와 어찌 그리 다른지…. 매 계절 이렇게는 안 될 것 같았다. 평소 만들기 좋아하는 딸이니 재료를 사서 직접 원하는 만큼 만들어 쓸 수 있도록 해야겠다 싶었다. 인터넷 검색으로 액세서리 자재를 알아봤다. 지방이라면 당연히 택배 신청했겠지만, 대부분의 상점이 동대문상가에 있어서 직접 찾아가 보기로 했다.

토요일 오후 온 가족이 동대문 액세서리 상가에 들른 그날, 우리 가족은 상가 문을 닫을 때까지 그곳에서 헤어 나오지 못했다. 세상의 모든 '귀여운, 예쁜, 아기자기한, 반짝이는, 아름다운'이라는 단어를 총동원해도 부족할 수많은 액세서리와 재료들이 그곳에 있었다. 말 그대로 눈 돌아가는 신세계에서 서로를 자제시키며 겨우 집으로 돌아온 기억이 난다.

집에 와서 자리에 앉자마자 얇은 줄에 알록달록한 비즈를 꿰어 팔찌 하나를 뚝딱 만들어 냈다. 쉬운 작업이라 금방 만들었다. 매듭을 지을 때마다 나를 찾는 바람에 완성품을 사줄 때 보다 훨씬 귀찮아지긴 했지만 그래도 스스로 만든 것을 보며 뿌듯하게 웃는 아이를 보니 이 정도 수고로움은 얼마든지 해줄 수 있다 싶었다.

한 번은 서윤이와 인터넷으로 파는 비즈 제품을 구경하다가 380만 원이라는 놀라운 가격의 명품 B 브랜드 비즈목걸이를 보게 되었다. 금으로 만들어 진 것도 아니고 보석이 달린 것도 아닌데 내 눈에는 딸아이가 만든 것과 별반 다를 게 없어 보이는 제품의 가격이 그저 놀랍기만 했다.

아직 돈의 크기에 대한 개념이 없는 서윤이는 세상에서 100만 원이 제일 큰돈인 줄 안다. 그런 100만 원이 4개 정도 있어야 살 수 있는 목걸이라고 했더니 그제야 한 박자 늦게 눈도 입도 커졌다. 자신도 이제 만들어서 친구들 선물로 그냥 주지 않고 100만 원이라도 받아야겠다며 분해했다.

그 모습이 마냥 우스웠다. 세상 물정 모르는 아이들과 이렇게 돈 단위를 이야기할 때면 과감한 대답에 예상치 못한 웃음을 선물 받을 때가 많다.

딸아이가 만든 제품과 명품 업체의 목걸이가 왜 가격이 다를 수밖에 없는지 설명해주고 싶었다. 그 가격에 포함된 가치가 어떤 것이기에 그토록 비싼 것인지 알려주고 싶었다. 어떻게 해야 100만 원에 팔겠다는 녀석의 호기로운 꿈에 상처 내지 않고 순순히 물러나게 할 수 있을까?

명품 목걸이 가격을 확인한 날은 동대문에서 재료를 사 온 날로부터 일주일쯤 되는 날이었다. 시간 날 때마다 줄에 꿰어 팔찌를 만들었지만 그래봤자 10개 남짓이었다. 서윤이가 팔찌를 만든 건 고작 일주일. B 브랜드 디자이너가 목걸이를 만든 건 얼마나 오래일지 알 수 없으나 그 자리에 오르기까지의 시간은 분명 일주일보다는 길 것이다. 시간과 노력에 대한 가격이 매겨진 것이라는 걸 이야기해보자 싶었다.

예전 같으면 미쳤다며 이런 걸 누가 사냐고 또 '돈지랄'이라는 험한 말로 비난했을지도 모르겠다. 그러나 가격을 1순위로 생각하는 사람들이 있는 반면에, 돈보다 물건의 가치가 먼저인 사람들은 충분히 그 가격을 치른다는 것을 알았기에 말도 안 되는 가격이라며 그냥 넘기지 않았다. 다만 왜 380만 원이라는 가격이 책정되었을지를 고민해본다.

제품을 만들기 위해 얼마의 자본이 투입되었는가? 대체 가능성이 얼마나 되는가? 시장 경쟁력은? 그 외에도 브랜드 가치, 소비자의 욕구와 필요, 디자인 등 수없이 많은 요소에 의해 목걸이 가격이 결정되었을 것이다. 380만 원이라는 가격의 핵심은 희소성과 브랜드, 그리고 소비자의 욕망이라고 나는 생각한다. 사람들에게 욕망의 대상이 되기까지 그 속에서 끊임없이 부딪히고 노력한 값이 붙은 것이다.

언젠가 경제 신문에서 〈1년 만에 그림값 34억 오른 '90년생 신데렐라' 탄생〉*이라는 솔깃하고 자극적인 기사를 본 적 있다. 2022년 3월 런던 크리스티·소더비 경매에서 90년생 작가의 작품이 44억 원에 팔렸다고 했다. 사실 이 작가는 고작 1년 전 2021년 6월 필립스 경매에서 10억 원을 돌파하며 주목받기 시작했다는 내용이었다. 가격만 놓고 보면 1년 만에 작가의 몸값이 34억 원이 오른 것처럼 보인다. 물론 1년 만에 작가가 그림을 갑자기 더 잘 그렸을 수도 있고 해당 작품이 예전 작품에 비해 34억 원만큼의 가치 차이가 날 수도 있겠지만 나는 조금 다르게 봤다.

90년생이면 32살이니 1년에 약 1억 원씩 노력했구나 싶었다. 하루아침에 형성된 가격이 아니다. 작가가 붓을 잡은 이후로 끊임

없이 쌓아 올렸을 값이었다. 지금의 자리에 오르기까지 포기하지 않고 꾸준히 본인만의 가치를 만들어 나간 것에 대한 보상이다. 비록 오늘은 엉망이지만 1년 뒤에는 조금 더 괜찮아지고, 10년 뒤에는 팬이 생기고, 30년 뒤에는 경매에 부쳐질 만큼 노력과 시간을 보상받게 된 것이다.

왜 자신이 만든 팔찌는 100만 원을 받을 수 없는지에 대해 아이가 조금이라도 이해했을까?

가격이 어떠한 것을 포함하는지 알아갔으면 한다.

'몸값을 올리는 시간'이라고 말하는 대신 내가 쌓아 올리는 지금의 시간이 어떤 모습으로 돌아오게 될지 기대하는 마음으로 채워 나갔으면 한다. 그리하여 나중에 아이가 컸을 때 비싼 것은 다 이유가 있다는 말의 깊은 의미를 확인하는 순간을 마주하면 좋겠다. 시간의 무게를 고스란히 느껴가면서 말이다.

우리가 채워가는 시간의 진정한 의미를 깨달아 갔으면 하는 엄마의 바람이다.

* 매일경제 2022년 3월 10일 기사.

달러 용돈과 화폐가치

"어제보다 더 올랐네?"

달러 환율을 확인하며 입 밖에 이 말을 내뱉은 사람은 나도 아니고 남편도 아닌 우리 집 첫째 서진이다. 매일같이 밖에서 뛰어노느라 컴퓨터 한 번 안 켜보는 아이인데 왜인지 어느 날부터 꼬박꼬박 컴퓨터 앞에 앉아서 환율을 확인하느라 바쁘다.

"아니 네가 환율 걱정을 왜 해, 갑자기?"

내가 한 번씩 환율 체크하던 것을 흉내 내는 건가 싶어 왜 그렇게 환율을 확인하는 건지 진지하게 물었다. 그랬더니 녀석이 하는 말이 지난달 생일에 이모부에게 받은 5달러가 우리 돈으로 바꾸면 얼마나 되는 건지 궁금해서 매일 들여다본다는 것이다. 동생 부부가 신혼여행 후 남은 달러를 서진이에게 기념으로 건넨 모양이다. 처음에는 5,400원 정도였는데 환율이 자꾸 올라 요즘은 6,000원까지 한다며 신이 났다. 정말이지 한참을 웃었다. 나름 스며들 듯 티 내지 않고 시키던 경제 공부가 드디어 먹히는 건가 싶어 내심 뿌듯해하던 내 생각과는 다르게 녀석은 온통 자신의 용돈 걱정뿐이었다.

나와 상관없던 환율이 직접 내 손에 돈을 쥐게 되면 이야기가 달라진다. 관심이 생긴다. 얼마짜리인지 그걸로 무얼 할 수 있을지 궁금해진다. 심지어 어제보다 오늘, 오늘보다 내일 가격이 점점 더 오른다면 그때부터 신이 나기 시작한다. 내가 가진 5달러는 그대로인데 왜 자꾸 우리 돈으로 환산하면 비싸지는지 그저 신기할 따름이라며 마냥 기분 좋은 녀석이다.

왜 이렇게 매일 환율이 바뀌는지 궁금해하면 참 좋을 텐데, 그저 5,400원이 6,000원이 된 게 기쁠 뿐인 녀석이다. 하긴 물어봤다면 금본위제도*부터 기축통화*, 달러의 수요공급까지 이야기해 주고 싶은 나의 욕심에 아이가 질려 버렸을지도 모르겠다. 오늘만은 600원의 수익을 만끽할 수 있도록 그저 내버려 두었다. 수익에 취한 녀석이 환전을 언제 할 것인지 행복한 고민을 하다가 문득 무언가 생각 난 듯 호들갑을 떨며 다급하게 나를 부른다.

"엄마! 대박 사건! 그럼 이왕이면 한국 돈 달러로 다 바꿔 놓으면 더 좋겠다!"

한 번씩 깜짝 놀란다. 어떻게 가르치지 않은 다음의 단계까지 생각해 내는 걸까? 중고 사이트에 옷을 팔 때도 그랬고, 생산자-판매자-소비자의 최대 수혜자가 카드회사라는 의견을 냈을 때도 그랬다. 예상치 못한 답변에 역시 아이들의 생각은 끝없이 열려있다는 것을 느낀다.

돈을 달러로 가지고 있자는 말은 환차익 재테크를 하자는 것이다. 녀석이 환차익을 알고 말했을 리 없다. 달러를 우리 돈으로 바꾸듯 그럼 반대로 우리 돈을 달러로 바꿔서 가지고 있으면 지금 같은 시기에는 값이 점점 오를 수 있다는 것을 알게 되었기에 제안했을 것이다. 용돈을 달러로 받은 덕에 자연스럽게 돈의 가치가 매일 바뀐다는 것을 몸소 체득한 셈이다.

'백문이 불여일견이요, 백견이 불여일각이며, 백각이 불여일행이라' 했던가? 백 번 듣는 것보다 한 번 보는 게 낫고, 백 번 보는 것보다 한 번 깨우침이 나으며, 백 번 깨우침보다 한 번 행함이 낫다는 옛말을 이렇게 알게 된다. 이번 달 녀석에게 내준 과제가 경

제 동화 매일 읽기였는데 100권의 책보다 용돈 5달러가 더 큰 힘을 발휘한 계기였다.

글로 배우면 어렵다. 용어만 익히는 데도 한세월이다. 돈은 실생활에서 접하면서 배워야 한다. 그리고 이왕이면 그 돈이 내 돈이어야 한다. 내 수중에 쥐어진 돈이라야 수익도 손해도 직접 느낄 수 있다. 애플 주식이 하락해 시가총액 몇천억 달러가 하룻밤에 사라지는 것보다 내 수중의 5달러가 더 크게 다가오는 법이다. 경제 책 100권보다 용돈 5달러가 더 효과적인 교육이 될 수 있듯이 말이다.

원화보다 외화인 달러가 더 큰 가치를 가진다는 것을 이보다 더 잘 깨닫게 할 수 있을까? 세계에서 가장 힘이 센 통화이자 OPEC에서 원유를 구매할 때 유일하게 받아들여지는 화폐. 미국 내에서보다 그 외의 국가에서 사용되는 통화량이 2배 더 많다는 돈. 이런 달러의 특성을 누구보다 빨리 깨닫는 것이 더 크고 많은 것들을 소유할 수 있게 되는 건 당연한 결과이지 않을까? 왜 달러를 확인해야 하고 중요하게 생각해야 하는지, 달러 없이 이루어질 수 없는 전 세계의 무역과 거래, 그 모든 경제 활동의 면면을 녀석이 점점 알아가길 바란다.

달러 용돈으로 의도치 않게 환차익까지 터득한 날 친정 부모님과 통화 중인 내 전화기를 뺏어 든 녀석이 다급하게 할아버지를 찾는다.

"할아버지, 나 이제 용돈 달러로 주세요!"

덕분에 손주 용돈으로 달러를 주게 된 할아버지는 다 늦게 외화 벌이를 나서야겠다며 껄껄 웃으셨다.

환율이 오를수록 높아지는 녀석의 목소리만큼이나 내 마음도 덩달아 올라간다. 양팔 가득 달러를 끌어안으며 한껏 웃어 보이는 녀석을 상상하니 이미 구름 위에 놓여있는 엄마의 마음이다.

*** 금본위제도**

: 화폐단위의 가치와 금의 일정량의 가치가 등가관계를 유지하는 본위제도. 순금 1온스 = 391.20달러(1993년)라는 식으로 통화의 가치를 금의 가치에 연계시키는 화폐지도인데, 역사적으로는 19세기에 영국을 중심으로 발전된 것이다.

***기축통화**

: 국제외환시장에서 금융거래 또는 국제결제의 중심이 되는 통화, 대표적으로 미국 달러가 이에 속한다.

이모티콘과 자본소득

서윤이는 그림 그리기를 좋아한다. 멋진 풍경화나 근사한 정물화 같은 것을 그렸다면 또 한 번 '내 새끼 천재병'이 발동했겠지만, 엄마의 호들갑에 전혀 동조할 생각이 없는 아이이다. 그저 오밀조밀 귀여운 캐릭터나 동물 얼굴로만 스케치북을 한가득 메운다. 1학년이 된 기념으로 사준 번듯한 책상을 놔두고 왜 매번 바닥에 엎드려서 힘을 쏟는지 알 수 없지만 늘 거실 바닥 한가득 종이를 펼쳐놓고 그림을 그린다.

한 번은 녀석이 그림을 그리고 색칠도 하더니 모양대로 오려 가위질까지 했다. 오백 원짜리 동전 크기의 작고 귀여운 그림들을 어디에다가 쓰려고 그러나 싶어 가만히 지켜봤다. 야무지게 뒷면에 테이프까지 붙이고서는 스티커처럼 집 안 곳곳에 붙여놓는다. 엄마인 내 눈에는 덕지덕지 붙인 종이들이 마냥 지저분해 보여 영 거슬렸다. '야! 너 뭐 하는 거야!'라는 말이 목구멍까지 올라왔지만, 감정을 누르며 왜 그렇게 붙이느냐고 물었다.

"이거 볼 때마다 나 생각해, 엄마!"

가만히 생각해봤는데 자신이 학교에 가 있는 동안 엄마가 자기를 보고 싶어 하면 어쩌나 걱정이었단다. 엄마가 슬플까 봐 붙여주는 거니 자기가 그린 그림 스티커 보며 힘을 내라고 했다. 아이들은 자신의 감정을, 상대방을 이용해 대신 표현하기도 한다더니 초등학교 입학이라는 설렘과 긴장감에 문득문득 학교에서 내 생각이 났나 보다.

가만 보니 내가 가장 많이 다니는 동선마다 스티커를 붙여놓았다. 냉장고 앞 식탁 자리며, 거실 스위치, 안방 문 손잡이 위 까지. 녀석의 놀이가 끝나면 다 떼서 버려야겠다는 생각뿐이었는데 그 말을 들으니 차마 뗄 수가 없었다. 종이가 너덜너덜해질 때까지 한 달 가까이 붙어있던 그림 스티커였다. 엄마 생각해 주는 기특한 딸아이의 스티커를 떼는 날, 처음과는 다르게 마음도 같이 떨어지는 것 같아 괜히 씁쓸했다.

오래도록 기억하고 싶은 마음에 코팅할까 사진을 찍어놓을까 하다가 이모티콘을 제작해보자는 생각에까지 이르렀다.

당장 이모티콘으로 월급보다 많은 수익을 낸다는 작가의 책을 도서관에서 빌렸다. 제목에 이모티콘이라는 단어가 들어간 모든 책을 섭렵한 다음 제작에 돌입했다. 어떻게 하면 승인받을 확률이 높을지, 어떻게 그려야 좀 더 사람들이 좋아하는지 등 책으로 배운 내용을 서윤이가 그림을 그릴 때마다 옆에서 알려주었다. 이쯤 되면 이모티콘으로 소소한 용돈벌이라도 하는 내용이겠구나 싶겠지만 아직도 제작 중이라는 비밀 아닌 비밀을 밝혀본다.

자본소득 이야기해 주고 싶어 이 에피소드를 꺼냈다. 서윤이가 아직도 이모티콘을 그리고 있는 이유는 돈 이야기를 해주었기 때문이다. 자본, 즉 내가 가진 능력이나 돈, 그 무엇이든 한 번 만들어 놓은 자본이, 내가 계속 일하지 않아도 돈을 가져다줄 수 있다고 알려주었다. 이모티콘을 한 번 만들어 놓으면 사람들이 살 때마다 돈이 들어온다고 알려줬더니 무조건 만들어야겠다며 이리저리 그려보며 도전 중이다.

투자를 처음 시작할 때 자본소득을 얻는 방법을 빨리 깨우치는 사람일수록 더 많은 부를 이룰 수 있다는 것을 깨달았다. 노동의 대가인 근로소득만으로는 따라잡기 힘든 자본주의의 부이다.

아이들이 하루 한 번 꼭 들리는 집 앞 문방구 가게 사장님은 온종일 가게에 있어야 꼬마 손님들에게 물건을 팔 수 있다. 매번 시켜 먹는 치킨집 사장님은 가게 문을 열고 치킨을 튀겨야 돈을 벌 수 있다. 그러나 문방구 가게 건물 주인은 손님이 몇 명이 오든지 상관없이 매달 월세 수익을 받고, 치킨 사장님이 돈을 주고 얻은 브랜드의 프랜차이즈 기업은 치킨을 한 마리도 못 팔아도 돈을 벌 수 있다. 문방구와 치킨집 사장님은 근로소득을, 건물주인과 프랜

차이즈 기업은 자본소득을 얻는 중이다.

MZ세대라 불리는 요즘 20, 30대 사람들은 다행히도 우리 세대보다 이런 사실을 조금 더 빨리 터득한 것 같다. 유튜브, 블로그 등 여러 방면을 통해 수익을 창출하고 있는 것을 보면 말이다. 한 번 힘을 들여놓으면 그다음에는 알아서 굴러갈 수 있도록 시스템화하는 것. 아이들에게 최종적으로 가르쳐주고 싶은 돈 버는 방법이다. 시스템화되기 전까지 겪을 수많은 시행착오와 무수한 경험들이 그리 녹록지는 않겠지만 평생 일해야만 대가를 얻을 수 있는 노동 소득에 비하면 얼마든지 견딜 수 있는 과정이지 않을까 한다.

남편이 목 수술로 병원에 누워있을 때도 같은 마음으로 투자를 시작했다. 일하지 않아도 돈이 들어온다면 얼마나 좋을까 하는 마음이었다. 나의 노동력 대신 인플레이션만큼 물가상승률을 꼬박꼬박 지키며 내게 돌아와 주는 것이 뭐가 있을까 생각하며 투자했다.

자본소득의 큰 의미를 내 아이들에게만큼은 일찍 알려주고 싶었다. 손 안 대고 코 푸는 요행을 바라는 것이 아니라 자본이 자본을 불러일으킬 수 있도록 밑천 만드는 일의 중요성을 알게 해주고 싶은 것이다. 이모티콘을 제작해보고, 유튜브를 촬영해보고, 주식이든 부동산이든 투자하는 '방법'을 익혀놓는 모든 것들이 자본소득을 불러올 든든한 밑천이다. 다만 이 과정에서 경험하게 될 모든 선택과 그에 따른 결과를 감당하고 인내하는 자만이 소중한 밑천을 만들 수 있게 됨은 너무도 당연한 이야기이다.

더 이상 돈이 돈을 번다는 말로 자본소득을 매장하지 않았으면 좋겠다. 굳이 종잣돈이 아니어도 얼마든지 자본소득을 만들어 낼 수 있는 이 시대에 그런 말들은 비겁한 변명처럼 들릴 뿐이다. 지금은 단군 이래 가장 돈 벌기 좋은 시대라는 어느 유명 유튜버의 말처럼 이렇게까지 돈 버는 방법이 오픈된 적이 없다.

나와 내 아이의 자산을 불려줄 자본은 무엇일지 고민해본다. 사람들이 환호하며 구매하게 될 귀여운 이모티콘을 그려보기도 하고, 내가 투자해 놓은 부동산이라는 배의 돛이 인플레이션이라는 바람을 제대로 만나 순항할 모습도 상상해본다. 자본소득을 얻기 위해 기울였던 시간과 노력이 달콤한 열매로 돌아올 때까지 아이들과 함께 씨 뿌리고 공들이는 작업을 반복해나갈 생각이다. 그 과정에서 배우게 될 인내와 끈기는 덤으로 함께 가지게 될 것이다. 자본소득. 단어 자체만으로도 설레는 이 말의 깊은 뜻을 아이들과 함께 만들어 나간다.

아르바이트와 근로소득

"엄마, 알바비 주는 날이야!"

우리 집 공식 용돈 데이는 매월 1일과 15일이다. 용돈 4천 원을 2주에 한 번씩 주는데 그마저도 쓰는 돈, 투자, 저축, 기부 칸에 나눠 넣어야 하는지라 결국 마음대로 소비할 수 있는 돈은 고작 천 원인 셈이다. 의식주 해결이 가능하고 간식도 사주니 딱히 돈 쓸 일이 없다는 첫째의 의견에 따라 정한 금액인데 과연 천 원으로 뭘 할 수 있긴 한가 싶다.

다행히 아직 용돈에 대해 불만이 없는 두 녀석이라 올해도 인상 없이 금액은 그대로이다. 심지어 방학이면 이 짜디짠 돈마저도 끊기는데 우리 집 용돈 원칙은 '방학 때는 무조건 벌어서 쓴다.'이다.

대학 1학년 여름 방학. 처음으로 아르바이트를 해 본 나는 '돈을 번다'라는 의미를 그때 서야 알게 되었다. 친구 대신 시작한 레스토랑 일은 아침부터 저녁까지 엉덩이 한 번 붙일 수 없을 만큼 바쁘고 힘들었던 기억이 난다. 음식량에 비해 너무 컸던 접시들과 지문 하나 남지 않게 전달해야 했던 투명 유리잔까지. 아슬아슬하게 손님 테이블에 내려놓고 나면 그때야 참고 있던 숨을 내쉴 수 있었다. 내게 일을 넘기고 도망간 친구를 당장 데려와 접시를 넘겨주고 싶었지만, 그 친구는 이미 배낭여행을 떠난 뒤였다. 평생 책상에 앉아서 공부만 하던 내 인생이 얼마나 편했는지 그때 실감했다. '공부가 가장 쉬웠어요.'라는, 학창 시절 내내 제일 듣기 싫었던 말이 완벽하게 이해되는 날들이었다. 노동의 경험을 일찍 했더라면 공부를 좀 더 열심히 했을까? 밤새 공부만 하지는 않았더라도 땀 흘린 대가를 함부로 쓰지 않는 법만은 확실히 배웠겠다 하는 생각을 그때 처음 해봤다.

내가 스무 살이 되어서 했던 경험을 우리 아이들은 미리 해봤으면 싶었다. 그래서 초등학생이지만 방학 중에는 용돈을 스스로 벌어서 쓸 수 있도록 한다. 방학 첫날, 두 녀석은 본인들이 할 수 있는 일을 각자 의논했다. 설거지, 빨래 개기, 신발 정리, 어려운 심부름 등의 리스트를 공책에 적고는 나와 가격 협상을 시작한다. 기특하게도 평소에 해오던 정리 정돈이나 분리수거 돕기 등은 알아서 종목에 넣지 않았다. (아이들의 집안일 돕기가 무조건 돈으로 연결되지 않도록 경계선을 잘 구분해야 한다.)

서진 : 엄마, 설거지는 힘드니까 1,000원 어때?

나 : 그릇 5개 씻고 1,000원 달라고 하면 엄마가 손해 아닐까?

서진 : 음…. 그럼 그릇이 10개 이상이면 1,000원이고 그보다 적을 땐 700원 하자. 그리고 서윤이는 어리니까 그냥 나 도와서 설거지 하면 1,000원 주자!

종목도 비용도 직접 정하고 나와 협상까지 시도하는 녀석을 보니 뿌듯하기도 하고 기특하기도 하다. 자본주의 시장에서라면 오히려 경력자인 첫째가 1,000원, 초보인 둘째가 700원이어야 정당한 값이지만 동생 생각하는 착한 오빠의 제안에 어찌 값을 더 낮출 수가 있을까? 흔쾌히 제안을 받아들이고 종목별 가격을 정했다. 노동의 대가는 주급으로 일주일마다 주기로 했다.

첫 정산 날, 각각 2,300원과 1,900원을 번 녀석들에게 세금으로 15%씩을 뗀다고 했더니 피 같은 돈을 세금으로 다 떼 간다며 투덜투덜한다. 내가 스무 살에 했던 '피 같은 돈'이라는 표현이 열 살과 일곱 살 녀석의 입에서 나올 줄이야. 10년의 세월을 앞선 녀석들의 깨달음에 투덜거리는 그 입 모양이 어찌나 귀엽고 사랑스러운지 뽀뽀로 얼른 입을 막았다. 녀석들 말마따나 피 같은 돈이니 '문방구 가서 몽땅 뽑기하는 데 다 쓰진 않겠지?' 힘들게 일한 대가로 받은 돈이니 적어도 막 쓰진 않을 거라는 내 생각을 보란 듯이 뒤집으며 용돈을 받자마자 여전히 문방구로 달려가는 녀석들이다. 그래도 한 가지, 예전과 달라진 게 있다면 돈을 쓰는 속도이다.

1일, 15일마다 대가 없이 받던 용돈은 바로 뽑기에 탕진하거나 한 번 가지고 놀면 그만인 일회성 장난감들을 샀었다. 반면 본인의 노동력을 들여 번 돈을 쓸 때는 잠시 '생각'이라는 걸 하는 듯하다. 여전히 뽑기에 돈을 집어넣고, 엄마 눈엔 그저 쓸데없는 것에 불과한 것들을 사지만 돈을 쓸지 말지 고민한다. 그리고 가격표를 읽을 때마다 '비싸다!'를 외치며 설거지를 몇 번 해야 살 수 있을지 계산하기 바쁘다.

힘들게 번 돈은 소비의 시간을 늦춰줄 수 있다. 혹은 불필요한 소비 자체를 막기도 한다. 옛날 우리 할머니들의 쌈짓돈이 왜 그렇게 세상 구경하기 어려웠는지 이해하게 된다.

설거지함으로써 그 시간에 누리지 못한 자유의 대가가 1,000원이라는 값으로 돌아온다는 것과 자유와 맞바꾼 1,000원을 어떻게 쓸 것인지에 대해 고민해볼 시간까지 안겨주고 싶었다. 일과 돈, 그리고 시간의 관계를 한 번 생각해보길 바랐다. 자신의 시간을 돈과 바꿔본 경험을 가진 아이들이 훗날 어른이 되어 그 시간을 어떠한 일로 채우며 살지 고민하길 기대하며 설거지를 맡겼다.

방학 때마다 아이들 쫓아다니며 회사일, 집안일까지 하느라 온종일 힘든 부모들에게 이 방법을 권해본다. 돈으로 아이들의 시간을 사는 것이다. 그리고 그런 아이들과 함께 일, 시간, 돈에 관해 이야기해보는 날들 되었으면 한다.

방학 내내 용돈을 얼마나 벌고 싶은 건지, 설거지를 해본 적이 없는 나는 '결혼하면 손에 물 한 방울 안 묻히게 해줄게!'라던 남편의 약속을 이렇게(?) 이뤘다.

"히힝, 엄마는 돈 많아서 좋겠다. 나도 커서 돈 많이 벌면 엄마처럼 하기 싫은 건 다른 사람에게 돈 주고 부탁할 테다!"

나처럼 돈으로 다른 이의 시간을 사겠다는 녀석의 깨달음 섞인 투정이 들려온다. 새어 나오는 웃음을 감추느라 펼쳐져 있던 책으로 얼른 얼굴을 가렸다. 아이들의 시간을 돈으로 산 엄마는 설거지하는 녀석들을 뒤로한 채 오늘도 커피 한 잔과 함께 우아하게 책을 펼쳐 든다.

세금이 뭐길래

외사촌 동생이 지난 '2020도쿄올림픽'에서 메달을 땄다. 패럴림픽에서 이뤄낸 결과라 TV 중계로 볼 수는 없었지만, 동생의 메달 소식에 가족들끼리 기사를 공유하며 기쁨을 나눴다.

어린 시절 맞벌이하던 외삼촌 부부 대신 외할머니가 녀석을 키웠다. 나와는 열 살 이상 차이가 나는지라 녀석이 어느 정도 크고 나서는 함께 한 기억이 몇 번 없다. 어르신밖에 없는 조용한 시골 동네에서 어린 사촌 동생은 마을 이곳저곳 활기를 불어넣으며 온갖 사랑을 받고 자랐다. 동네에서 녀석을 모르는 사람이 없었다. 마냥 활발하고 겁이 없는 녀석을 종일 쫓아다니는 것도 모자라 농사일까지 손에서 놓을 수 없었던 외할머니였다. 예순이 넘는 나이가 이제는 힘에 부쳐 버겁다고 하시면서도 눈은 항상 녀석을 쫓으며 웃고 계시던 외할머니의 얼굴이 아직도 기억난다.

어느 날 시골에서 걸려 온 전화를 받은 엄마가 갑자기 바닥에 엎드린 채 엉엉 울기 시작했다. 태어나서 엄마가 우는 것도 처음 봤지만, 주먹으로 가슴을 내리치며 하염없이 울기만 하는 엄마를 보며 이유도 모른 채 같이 따라 울었던 기억 난다. 장난 많고 호기심 많은 녀석이 할머니가 자리를 비운 사이 농기구에 오른손을 넣었다고 했다. 구급차를 불렀지만, 손을 빼낼 수 없었고 기계를 매단 채 큰 병원으로 옮겼다. 바로 수술이 진행되었고 손목 아래를 잘라내고 나서야 수술실에서 나올 수 있었다. 그때 사촌 동생 나이가 세 살이었다.

한 손을 잃었지만 기죽지 않고 씩씩하게 지내길 바라던 외숙모는 동생이 초등학생이 되자 태권도를 시켰다. 비장애인 선수들과 겨루며 실력을 키워나갔지만, 경기장 곳곳에서 들려오는 수군거림은 동생을 더 이상 경기장에 설 수 없게 만든 모양이다. 새하얀 도복이 경기장에서 땀과 노력으로 얼룩질 때마다 여린 그 마음도 같이 얼룩졌겠지. 고등학교 2학년. 10년 가까이 매일 입던 도복을 벗었다. 그러나 하늘이 도운 건지 2017년 패럴림픽에 처음으로 태권도가 정식 종목으로 채택되었고 비로소 동생은 장애인 선수로 다시 도복을 꺼내 입을 수 있었다.

운동선수의 노력이 값지지 않은 것 있을까마는 가족의 이야기라 나에겐 더 크게 다가왔던 메달 소식이었다. 이제 평생 연금 받을 테니 걱정 없다는 엄마의 기쁨과 흥분의 목소리를 전화기 너머로 들으며 우리 아이들에게도 자랑스럽게 메달 소식을 전했다. 아이들은 얼굴 한 번 본 적 없는 친척 아재의 이야기에 자신이 메달을 딴 것처럼 신나 했다. 그러다 문득 전화기에서 흘러나온 소리를 들었는지 서진이가 연금이 뭐냐고 물었다. 매달 받는 돈이라고 짧게 답했더니 얼마나 받는 건지도 물었다. 세금을 떼고 나면 얼마쯤일 거라는 나의 대답에 그것도 세금을 떼냐며 세상 치사하다는 말과 함께 자기가 세금을 내는 듯 억울해했다.

세금 없는 수익이 있을까? 인간의 모든 거래와 경제 활동에 세금이 없는 것이 있던가? 피땀 눈물에 대한 대가에 돈이라는 것이 따르면 반드시 세금도 함께 한다. 심지어 그런 노력 없이 그냥 얻게 되는 것조차 소득이라는 명목으로 내 수중에 들어오게 되면 반드시 세금이 따라붙는다.

미국에서 땅에 묻힌 금화 무더기를 우연히 발견한 중년 부부가 금화에 대한 연방세 39.6%와 주 정부에 13.3%의 세금을 냈다는 기사를 본 적 있다. 모 배우의 장모가 미국 라스베이거스에서 1,000만 달러 잭팟을 터뜨렸다는 이야기를 기억하는 사람들은 많겠지만 세금을 제한 실수령액은 1/5이었다는 정확한 내용을 아는 사람 드물다. 마찬가지로 우리나라에서도 복권에 당첨되면 3억 이하는 22%, 3억 이상은 33%의 세금을 내고, 올림픽이나 노벨상 같은 큰 대회뿐 아니라 각종 시상식에서 받게 되는 포상금 또한 세금의 대상이다. 내가 땀 흘려 일했든 그냥 운이 좋아 얻게 된 것이든 세상 모든 소득에 세금은 잣대를 들이댄다. 서진이 말마따나 어떤 경우에는 치사하고 인정머리 없을 정도이지만 누구도 피해 갈 수 없다는 형평성에서만큼은 오히려 사정 봐주지 않아 다행이다 싶다.

자산을 형성하는 데 있어 세금을 제하고 계획을 세우면 정확한 수익을 알기 힘들다. 연봉 1억이라고 해서 내 수중에 1억이 다 쥐어지는 것이 아니듯이 모든 수익에는 세금을 따로 떼어 놓는 습관이 필요하다. 세금을 미리 생각하면 원래 나갈 돈이라는 생각으로 아깝다는 생각 없이 좋은 마음으로 낼 수 있다. 하지만 전혀 생각지도 않고 있다가 갑자기 세금 고지서를 받아들게 되면 날강도에게 돈을 내주는 것 같은 기분이 든다. 월급에서 처음부터 제하는 소득세, 주민세, 각종 4대 보험료부터, 물건값에 이미 포함된 물품세, 부가가치세, 관세, 특별소비세, 부동산과 주식을 사고팔 때마다 내는 취득세, 양도(배당)소득세, 보유세, 재산을 물려받을 때 내는 상속, 증여세 등 모든 거래와 경제 활동에 있어 세금은 계속 우리를 쫓아다닌다.

돈을 벌 때도 내고, 쓸 때도 낸다. 돈 교육에서 세금 교육이 빠지지 않는 이유이다. 세금을 제쳐두고 투자하거나 경제 활동을 이어가게 되면 어느 순간 한꺼번에 내야 하는 세금이 벌금처럼 느껴지게 된다. 정당한 세금에 대한 인식과 쓰임을 미리 아이들에게 알려주고 싶었다. 서진이 말처럼 치사하고 인정머리 없을 만큼 누구에게나 같은 잣대를 내미는 세금이 벌금처럼 느껴지지 않도록 어릴 적부터 세금의 중요성과 이유를 알게 해 주고 싶었다. 그래서 집안일 아르바이트를 하고 받는 용돈도 세금을 떼고 주고, 마트에서 받은 영수증에서도 아이들에게 세금이 얼마인지 찾아보라며 건넨다. 한두 달에 한 번씩 매수하는 주식의 증권 수수료도 알려주고, 분기마다 들어오는 배당금의 수수료도 말해준다. 만기 된 1년 적금의 이자에서 뗀 세금이 얼마인지 알리고, 지난번 백일장 대회에서 받은 상금이 세금을 제외한 금액인 것도 밝힌다.

초등학교 교실 안에서 작은 정부를 운영하며 경제와 세금에 관한 중요성을 일깨워주는 선생님의 영상을 본 적 있다.* 등교하는 순간부터 경제 활동을 하며 세금을 내기 시작하는 아이들을 보면서 우리 아이들도 그런 교육 받게 하면 좋겠다고 생각했다. 그 선생님과 같은 마음으로 집에서 이렇게나마 아이들에게 돈과 세금 이야기를 이어 나간다.

'인생에서 피할 수 없는 두 가지가 있다면 첫째는 죽음이고, 둘째는 세금이다.'라고 했던 벤저민 프랭클린의 말처럼 평생 죄인처럼 사신 외할머니는 동생이 메달을 따고 얼마 지나지 않아 돌아가셨다. 살면서 피할 수 없는 죽음과 세금. 상관 관계없어 보이는 두 낱말이 평생 우리를 숙명처럼 따라다니는 이유는 갑작스럽지 않도록 미리 준비하고 대비하라는 의미가 아닐까 싶다.

*〈세금 내는 아이들〉 옥효진

기부도 교육이 필요하다

한창 직장 생활에 지쳐 몸도 마음도 여유라고는 한 치의 틈도 없던 이십 대의 어느 날, 직장 후배와 함께 지하철역까지 퇴근길을 걷게 되었다. 겨울이었고, 크리스마스가 얼마 남지 않았던 때였다. 연말인데다 강남 근처라 평일 저녁 시간이었음에도 거리마다 꽉 찬 사람들로 시끌벅적했다.

도로를 오가는 수많은 차량의 불빛, 가게마다 내건 화려한 크리스마스 장식, 연인끼리 친구끼리 저마다의 모임으로 길을 재촉하는 사람들까지. 여기저기서 흘러나오는 크리스마스 캐럴과 함께 내 마음도 덩달아 설레는 겨울 저녁이었다. 차가운 바람에 시린 발을 종종댔지만 호두까기 인형 속 병정처럼 멋진 옷을 차려입은 빨간 구세군을 만나면 날씨와는 상관없는 따뜻함이 전해졌다. 딸랑 딸랑 일정한 간격으로 들려오는 구세군의 종소리는 크리스마스의 화려함과 들뜬 분위기를 차분하게 만들어주었다.

그날도 어김없이 구세군 냄비는 지하철 입구를 지키고 있었고 나는 평소처럼 무심하게 그 곁을 지나쳤다. 그런 나와 달리, 후배는 가방을 뒤지기 시작하더니 지갑에 있던 지폐 몇 장을 꺼내 냉큼 냄비 속에 넣고 돌아왔다.

“오! 너 이런 면도 있었냐? 의외다?"

농담 반 진담 반인 내 말을 들으며 히죽대던 후배가 말했다.

“우리 엄마가 그랬거든요. 매번은 힘들어도 해마다 처음 보는 구세군 냄비에는 꼭 조금이라도 보태라고요.”

어떻게 이런 생각을 했을까? 문득 이런 가르침을 전한 후배의 어머니가 존경스러웠고, 성금을 넣고 활짝 웃어 보이던 그녀가 멋져 보였다. 볼 때마다 괜스레 마음 쓰이던 구세군 냄비를 피하지 않고 당당하게 마주하는 법을 나는 그날 제대로 배웠다.

열두 살 겨울방학. 연말마다 전화로 성금을 모으는 불우이웃돕기 프로그램을 보다가 엄마와 말다툼한 적이 있다. 화면에 비친 노인들의 삶은 안타깝고 가엾게만 보였고, 어린 마음에 그들의 삶이 그저 한없이 슬펐다. 그런 나와는 달리 지극히 현실적이었던 엄마는 감성을 자극하는 영상에서 눈을 돌린 채 손에 들린 콩나물을 다듬으며 ‘젊은 시절 뭐하고 인제 와서, 어휴 어쩌다가….’라며 안타까움만 표할 뿐이었다. 당장 수화기를 들어 한 통에 1,000원이라는 성금에 보탬이 되고 싶었지만 저런 돈 다 가져다가 어디 쓰는지 알 수가 없다며 부정적으로 이야기하는 엄마 앞에서 내게 그런 용기는 없었다. 그래도 도와주면 좋지 않겠냐고 말하는 나와, 생각이 다른 엄마의 의견에 서로 감정 섞인 말들이 몇 번 오갔다. 그날 이후 누군가 돈을 뒤로 빼돌리진 않을까 하는 기우로 우리 집에서 기부는 있을 수 없는 일이 되었다. 그런데 그 겨울, 그 퇴근길, 후배와 함께 걸었던 그날. 나는 생각이 바뀌었다. 설령 빼돌리더라도 많이 기부받으면 많이 나눠줄 수 있지 않을까 하고 생각을 달리해보게 된 것이다.

〈더 기빙 플레지(The Giving Pledge)〉라는 단체가 있다. 2010년 6월 마이크로소프트 회장인 빌 게이츠와 버크셔 해서웨이 회장인 워런 버핏이 재산의 사회 환원을 약속하면서 시작된 전 세계 부호들의 기부클럽이다. 가입 조건 자체가 개인재산이 10억 달러(1조 원) 이상이어야 하고 재산의 절반 이상을 기부한다는 서약을 해야 가입이 가능한 단체이다. 이런 부호들의 기부클럽에 지난 2021년 우리나라에서 처음으로 가입자가 나왔다. 우아한형제들의 김봉진 의장, 그리고 바로 뒤를 이어 카카오의 김범수 의장이 <더 기빙 플레지>에 가입하게 되었다는 소식이었다.

기부는 돈으로 한다고 생각했던 지난날들의 생각이 잘못되었음을 알았다. 돈으로 하는 것이 기부라면 1,000원 성금 모금에 수화기를 바로 들었어야 했다. 더 기빙 플레지 가입자가 우리나라에서도 진작에 나왔어야 했다. 기부는 돈이 아니라 마음을 보태는 일이다. 그리고 꼭 '기부'라는 말을 쓰지 않더라도 마음을 나누는 일 또한 교육이 필요한 것임을 느꼈다.

십여 년이 훌쩍 지난 지금도 구세군 냄비를 볼 때마다 그날의 후배 생각이 난다. 덕분에 그 이후, 나도 해마다 처음 만나는 구세군 냄비에는 잊지 않고 마음을 보태게 된다.

2021년 12월 연말, 코로나로 갇혀 지내던 아이들에게 크리스마스 분위기를 느끼게 해주려고 명동에 갔다. 마침 그해 첫 구세군 냄비를 만났고 후배를 만난 그 해 이후 늘 그렇듯 나의 마음을 더했다. 현금이 없었는데 요새는 제로페이나 카드도 가능해서 다행히 바로 송금했다. 아이들도 각자의 용돈에서 천 원씩을 낸다기에 나와 아이들 그리고 남편의 마음마저 기꺼이 더하고 온 날이었다.

내가 구세군 냄비를 지나치던 시절에는 다른 사람도 다 스쳐 가는 것처럼 보였는데 내가 마음을 더하려 다가가는 순간에는 너도 나도 냄비에 손을 내미는 사람들만 보였다. 후배 어머니로 인해 그 후배가, 그 후배로 인해 내가, 나로 인해 우리 아이들이, 그리고 우리 아이들로 인해 또 바뀌게 될 그 누군가의 따뜻한 마음이 점점 커지길 소망한다. 겨울이 우리에게 오는 이유는 따뜻한 온기를 전해주기 위해서라고 감히 말해본다.

마음을 나누는 방법. 기부야말로 돈으로 할 수 있는 최고의 가치

이자, 우리 아이들에게 알려주고 싶은 소중한 이야기이다. 돈 교육하는 엄마의 최후의 의무이다.

위 좌) 기부하고 받은 구세군 스티커
위 우) 제로페이도 카드도 가능한 구세군 냄비
아래) 2022년 첫 구세군 냄비

제 5 장

부모가 준비해주면 좋을 시기별 머니 플랜

영유아기 - 내 아이 이름의 통장 3개

대학을 졸업하고 취직하고 그러다 결혼하고 아이를 낳고. 제때 하지 않으면 큰일이라도 나는 것처럼 그렇게 살아왔다. '그 나이쯤 됐으면 ~할 때지'라는 무언의 약속과도 같은 과정을 꼬박꼬박 지켜오며 살았다. 결혼도 아이를 낳는 것도 '이제 할 때 됐지'라는 은근한 주변의 시선과 때가 되어서 하긴 했는데, 막상 하고 나니 그 뒤로는 어떻게 하라고 가르쳐 주는 이가 없었다.

심지어 아이 이름으로 만들 통장조차 어떤 걸 준비하면 좋을지 물어볼 곳이 없었다. 부모님께 묻자니 예·적금 통장 아닌 상품은 해 본 적이 없으셨고, 은행직원에게 물으면 왠지 이것저것 상품 가입을 권유할 것만 같았다. 첫째가 태어났을 때, 은행에서 아이 통장을 개설하면 1만 원의 현금을 준다기에 서진이를 유모차에 태워 은행에 방문한 적 있다. 아이 이름으로 된 도장을 하나 만들어서 은행에 간 그날, 아니나 다를까 나는 은행직원의 실적향상에 큰 보탬이 되어주고 왔다. 1만 원을 받기 위해 시작한 통장 개설이 각종 은행 상품의 가입으로 이어져 내 손에는 5개가 넘는 통장이 들려 있었다. 두툼한 통장의 두께를 손으로 느끼며 이미 녀석에게 막대한 부라도 물려준 듯 그렇게 뿌듯할 수가 없었다.

지나고 보니 그렇게 많은 상품이 필요했었나 싶다. 그리고 그때의 나처럼 우왕좌왕하는 후배 엄마들이 있다면 이렇게 해보라고 알려주고 싶다. 은행직원들에게 묻는다면 다른 의견을 제시할지도 모르겠으나 개인적으로 생각하는 우리 아이에게 만들어주면 좋을 통장 3개는 다음과 같다.

1) 청약통장

지난 2021년. 전국아파트 가격 상승률이 사상 최대였다고 한다. 양적완화와 인플레이션, 수요와 공급이 복합적으로 맞물려 상상 초월의 가격이 형성되었다. 여기에 계속되는 가격상승에 대한 불안심리로 시장에 뛰어든 사람들까지 더해져 건국 이래 한 번도 보지 못한 주택가격이 형성되었다. 그나마 가장 싸게 살 수 있는 건 새 아파트에 청약해보는 것이었는데 이마저도 조건이 쉽지 않다. 가족 수와 무주택 기간의 점수는 제쳐두고라도 청약통장이 있어야 가능하다. 요즘엔 너도나도 청약통장이 다 있다지만 아이가 태어나면서부터 만들어 둔 청약통장은 큰 힘이 된다. 매달 2만 원부터 적립할 수 있으니 꼬박 20년 동안 돈을 넣으면 스무 살에는 480만 원의 돈과 함께 1순위 청약통장을 건넬 수 있다. 청약통장 1순위 조건은 가입 후 2년이 지나야 하고, 24회 이상 납부와 해당 지역 기준 예치금 이상이 되어야 한다. 가입 2년 이상이면 24회 이상 납부가 당연하다고 생각해서 헷갈릴 수도 있는데 엄연히 각각 지켜져야 1순위가 된다. 이런 돈은 입출금 통장을 통해 자동 이체를 시켜놓는 것이 제일 좋다.

해당 지역 예치금은 2022년 현재, 금액이 제일 높은 서울을 기준으로 84제곱미터일 경우 300만 원이므로 2만 원씩 20년 동안 적립한 통장을 아이에게 건네줄 때는 충분한 조건이다. 2년 이상, 24회 이상의 조건만 채웠다면 예치금은 한 번에 금액 상관없이 추가납부가 가능하므로 청약통장을 쓸 날이 오면 그때 가서 돈을 더 넣어도 된다. 꼭 청약에 쓰지 않더라도 청약통장은 다른 일반 적금 통장보다 이자가 높은 경우가 많으니 하나쯤 만들어두는 것이 좋다.

시간이 쌓여야 힘을 발휘하는 이런 통장은 어릴 때 만들어둘수록 아이에게 큰 힘이 될 수 있다.

2) 입출금 통장-주식연결 계좌

진작 만들어주지 못해 두고두고 아쉬운 것이 바로 주식계좌이다. 투자와는 담쌓고 살았던 세월이라 주식은 들여다보지도 않았던 내 실수이기도 하지만 이런 나의 인식이 아이들의 경제생활까지 영향을 미쳤다고 생각하니 마냥 지나간 세월이 아쉽기만 하다.

증권사에 다니는 사촌 오빠의 권유로 샀던 주식이 상장폐지 되던 날, 엄마로부터 '우리 집은 주식은 안되는 집안이다.'라는 이야기를 들었다. 그런 집안에서 태어난 내가 주식을 한다는 것은 감히 있을 수 없는 일이었다. 주식에 투자하면 패가망신하는 줄 알았다.

그러나 투자를 공부하면서 한 주씩 주식을 사보니 집안이 망하려면 그만큼 많은 돈을 넣어야 가능하다는 것을 알았다. 교육비로 쓰고 남은 돈이나 명절, 생일 같은 날 아이들이 받게 된 용돈으로는 주식을 산다고 한들 집안이 망할 수가 없었다. 경제 교육을 하면서 한 주씩 사 모으게 된 주식이지만 팔지 않고 가지고 있으니 매일 오르고 내리는 주식 가격에 큰 타격 없이 주식을 모아갈 수 있게 된다.

입출금 통장을 만들면서 주식계좌까지 연결될 수 있도록 해놓는다면 당장 주식을 사지 않더라도 필요할 때 언제든 쓸 수 있으니 미리 만들어 놓으면 좋을 것이다.

3) 외화 통장

뒤늦게 만들면서 아쉬웠던 또 하나의 통장이 있다면 바로 달러 통장이다. 달러로 입금해서 찾게 되면 수수료가 없을뿐더러 환율이 쌀 때마다 조금씩 바꿔서 넣어두면 환율이 비쌀 때 바꿔 얻게 된 환차익 소득에는 세금을 떼지 않는다는 이점이 있다. 굳이 환차익을 볼 생각이 아니더라도 이렇게 조금씩 모아 놓은 달러는 추후 해외여행이나 아이들이 유학하게 될 때 든든한 역할을 하기도 하니 미리 만들어서 활용하면 좋을 듯하다. 무엇보다 아이들이 자연스레 환율에 관심을 가지게 되면 경제에 관한 관심으로 연결될 수도 있어 수익 목적이 아니더라도 활용될 수 있다는 이점이 있다.

돌아보니 경제는 머물러 있는 것이 아니라 자꾸만 움직이는 생물 같은 것이라 어떤 통장을 만들어 놓으라고 미리 말해주지 못한 것이 아니었을까 싶다. 우리 부모님 세대는 은행 이자만으로도 충분한 수익이었기에 다른 상품들을 굳이 쳐다볼 필요가 없었던 시절이었으니 말이다.

내가 중학교에 가서 배운 영어를 우리 아이들은 초등학교 3학년에 시작하듯이 계속해서 바뀌는 교육처럼 경제 교육도 그때마다 실정에 맞는 교육과 부모 역할이 필요하다는 생각이다. 꼭 위의 3가지 통장이 아니더라도 내 아이에게 준비해주면 좋은 것들이 어떤 게 있을지 찾아보고 마련해주면 좋겠다.

통장 속에서 든든하게 버텨줄 돈과 가르침이 빛을 발할 그날을 기대한다. 훗날 아이들이 내게서 넘겨받은 통장을 손에 쥐고 한없이 감사하게 될 날을 그려본다.

초등학생 - 돈의 이름표, 4개의 저금통

초등학생이 되면서 아이들에게 용돈을 주기 시작했다. 처음 용돈을 주었을 때는 날짜를 정하거나 금액을 정하지 않고 줬다. 친구들과 문방구 가서 뽑기한다고 하면 천 원 주고, 놀이터에서 놀다가 아이스크림 사 먹는다고 하면 천 원을 건네고 하는 식이었다. 달라고 할 때마다 주긴 했는데 천 원씩 건넨 돈이라 아이들도 나도 한 달에 얼마를 썼는지 몰랐다.

어느 날 지인에게 연락이 왔다. 한 달에 한 번 책을 읽고 서로의 생각을 나누는 독서 모임을 함께하는 친구였다. 모임 선정 도서는 아니지만, 너무 좋은 책이라 추천을 안 할 수가 없다며 책 이야기를 꺼냈다. 이렇게까지 추천한 적이 없기에 당장 책을 사서 읽어

내려갔다. 책을 덮으며 내가 고민했던 용돈에 관한 부분을 바로 해결할 수 있었다. 책에서 저자가 했던 용돈 교육을 현실에 바로 적용했다. 그중 하나가 아이들에게 용돈 저금통을 만들어 준 일이었다.

《96%의 사람들이 모르는 다섯 가지 부의 비결》이라는 책에는 유대인 아버지가 아들에게 어떻게 돈을 관리하고, 벌고, 쓰는가에 대한 가르침이 나온다. 책의 첫 장에 나온 내용을 요약해보면 이렇다.

96%의 사람들은 번 돈에 집중하는 반면, 4%의 사람들은 번 돈을 어떻게 쓰는가에 집중한다. 더 많은 돈으로 시작하기 때문이 아니라, '다르게' 돈을 쓰기로 선택하기 때문에 부자가 된다. 부자인지 가난한지는 지금 당장 그 사람이 무엇을, 얼마를 가졌는지에 달린 것이 아니라 그 사람이 '어떻게' 생각하고 행동하는지에 달린 것이라는 내용이었다.

책에서는 다섯 개의 항아리에 용돈을 나눠 넣도록 가르친다. 첫째는 십일조, 둘째는 헌금, 셋째는 저축, 넷째는 투자, 그리고 마지막으로 쓰는 돈. 이렇게 다섯 개의 항아리에 이름을 붙이고 용돈을 나눠서 넣도록 했다.

책을 읽고 바로 우리 아이들에게도 용돈 항아리를 마련해 주었다. 하나님의 교리를 따르는 유대인의 다섯 항아리와 달리 우리 집 현실에 맞게 '십일조와 헌금'을 '기부' 항아리로 바꾸어 네 개의 항아리를 아이들에게 주었다. 얼마나 모았나 궁금해서 매번 배를 가르던 빨간 돼지 저금통보다 속이 훤히 들여다보여 자주 여닫을 수 있는 뚜껑 있는 통을 준비했다.

엄마가 빈 통을 건네자 멀뚱히 받아들고 서 있던 아이들을 식탁에 앉혔다. 펜으로 각각의 통 뚜껑에 이름을 쓰도록 했다. 책에서처럼 투자, 저축, 쓰는 돈, 그리고 기부. 이제부터 받게 될 용돈을 각 통에 나눠서 담되, 기부와 저축에 넣는 돈은 투자를 넘어서는 안 된다는 조건을 주었다. 나중에서야 안 사실이지만 책에서 나온 다섯 항아리는 모든 유대인이 자녀를 가르칠 때 지키는 다섯 가지 원칙이었다. 재정의 10%는 십일조, 헌금, 저축에 쓰도록 하고 20%는 투자에 써서 부가 증식될 수 있도록 하며, 나머지 50%는 소비에 쓰게끔 하는 것이 유대인의 경제 교육 방식이었다.

2주에 한 번씩 용돈을 준다고 했더니 마냥 신이 나서 저금통 뚜껑에 스티커도 붙이고 알록달록 색칠까지 하느라 여념이 없다. 계산하기가 복잡하다는 서진이의 요구에 따라 통마다 천 원씩 넣기로 했다. 2주마다 4천 원을 받아도 통마다 천 원씩 넣고 나면 쓰는 돈은 고작 한 달이라고 해도 2천 원 정도이지만 지금까지 큰 불만 없이 진행 중이다.

네 개의 항아리에 이름을 만들어주고 나니 각각의 돈들이 할 일이 생겼다. 저축에 넣은 돈들은 모일 때마다 통장으로 들어가 매달 청약통장으로 자동 이체된다. 투자에 넣은 돈들은 주식이나 달러 통장으로 들어가 교육비로 쓰고 남은 금액과 함께 재투자된다. 기부에 넣은 돈들은 연말 구세군 냄비에 넣거나 아이들이 마음을 보태고 싶은 유기견 보호소 같은 곳에 보내기도 한다.

처음에는 '저축'과 '투자'에 왜 돈을 따로 넣는지 이해하지 못하던 아이들이었다. 목적 없이 그저 엄마가 시키니까 기계적으로 항아리에 넣는 것 같았다. 모든 일이 그렇듯 스스로가 필요하고 깨달아야 동기부여가 된다. 돈도 그렇게 필요성을 알고 나눠서 썼으면 싶었다. 그러던 중 나처럼 아이들에게 용돈 교육하는 선배의 책을 읽게 되었다. 투자를 위해 모으는 돈을 아이들이 자신의 '꿈을 이루는 데 필요한 돈'으로 이해시킨 멋진 책이었다.* 너무도 현명하고 지혜로운 이 방법을 듣고 나 역시 당장 아이들에게 설명했다.

"투자는 서진이 서윤이가 나중에 커서 되고 싶은 사람, 하고 싶은 일을 할 때 필요한 돈을 모으자."

그날 이후, 그림에 관심이 많은 서진이는 '반 고흐' 원작을 보러 미술관에 가기 위한 항공권을 사기 위해 투자 중이고, 옷과 액세서리에 관심 많은 서윤이는 패션 공부하러 미국 갈 때 필요한 유학자금을 위해 돈을 모으는 중이다.

용돈이라는 하나의 덩어리로 부르면 그 돈은 그저 특별한 이름 없이 다 써도 되는 돈이 된다. 그러나 여러 개의 항아리에 나누어 담으면 각각의 돈은 이름에 맞는 기회를 만드는 돈이 된다. 같은 돈이지만 과자 한 봉지로 쓰이는 돈과 꿈을 위해 기회를 만드는 돈은 큰 차이를 만들어 낸다.

초등학생이면 또래 친구들과의 용돈도 비교하게 되고, 돈의 액수에 대해 슬슬 불만도 생기게 되는 나이이다. 돈에 관한 욕심이 생기는 이때야말로 돈을 제대로 가르칠 절호의 기회이다. 용돈을 얼마 받았다고 말하기보다 그 돈을 어떻게 썼는지 말할 수 있도록 아이들에게 제대로 '돈 쓰는 방법'을 알려주자. 우리 아이들이, 돈은 크기가 아니라 쓰임에 따라 달라진다는 것을 알게 되면 좋겠다.

반 고흐의 작품을 감상하고, 미국에서 패션을 공부하는 날을 그리며 행복한 마음으로 용돈 항아리에 돈을 넣는다. 어릴 때부터 배우는 돈에 관한 원칙과 철학을 바탕으로 96%의 사람들은 모르는 부의 비결을 아이들과 하나씩 배워간다.

*《돈을 아는 아이는 꾸는 꿈이 다르다》 성유미

중학생 – 주식 투자 직접 하기

아직 초등학생인 우리 집 두 아이는 주식거래를 '직접' 해본 적이 없다. 그때그때 관심 분야나 좋아 보이는 것을 말하면 아이들과 의논 후 내가 대신 사 줄 뿐이다. 그러나 언제까지 아이들 손발 노릇을 할 순 없기에 중학생이 되면 본격적으로 투자에 참여시킬 계획이다.

주식 투자를 해 본 사람들은 알겠지만, 주식만큼 경제 상황에 민감하고 빠른 것이 없다. 투자하기 위해서는 경제 전반에 관한 이해와 관심이 있어야 한다. 코로나가 본격적으로 시작된 2020년 2월 말부터 4월 초까지 주가는 대폭락했다. 물론 주가가 폭락한 것이 이번이 처음은 아니었지만, 내가 투자를 시작한 이후로는 처음 겪는 시장이었다. 2008년 세계금융위기 이후 최대의 하락을 맞이한 주식시장은 각종 언론과 기사마다 '검은 월요일', '검은 목요일'이라는 단어를 출현시키며 매주 암울해지는 주식시장 소식을 전했다.

항공 회사에 근무하던 애사심 강한 내 친구 정미는 평소 자신의 회사 주식을 틈날 때마다 샀다. 학창 시절 모범생 친구들 사이에서 홀로 개성 강한 친구였기에 별명이 비행(非行) 소녀였다. 본인 회사 주식까지 사 모으는 정미를 두고 친구들은 뼛속까지 '비행(飛行) 소녀'라며, 다른 뜻의 같은 소리인 별명을 부르며 놀리곤 했다. 코로나 팬데믹으로 7월에 가기로 한 나의 여행 계획이 취소되어 속상해하고 있던 2020년 여름 어느 날, 문득 정미의 소식이 궁금해 전화를 걸었다. 그 회사 주가 소식은 둘째치고, 비행기가 뜨지 않으니 아예 일이 없어 힘들진 않을지 조심스러운 마음으로 안부를 물었다. 방학을 맞아 아이들과 친정에 있던 정미는 예상과 달리 밝은 목소리로 전화를 받았다. 그리고 이어진 긴 통화에서 목소리의 이유를 알 수 있었다.

코로나로 비행 일정이 하나둘 취소되자 정미는 심상치 않음을 느꼈단다. 그러고는 바로 항공 회사 주식을 팔고 백신과 진단키트를 만드는 회사에 투자해 연봉만큼의 수익을 올렸다고 했다. 7월에 가기로 한 여행 계획이 틀어져 속상해하고 있던 나와 달리, 정미는 앞으로 코로나가 계속된다면 어떤 회사들이 이익을 얻을지 고민했다. 평소에도 경제에 관심이 많은 친구였는데 주식에 투자하니 저절로 상황 파악이 되고 과감하게 투자까지 할 수 있었다고 했다. 매일 쏟아지는 부정적인 신문 기사와 이제 '세계 경제는 끝'이라는 자극적인 제목의 영상이 하루가 멀다고 올라오던 날들이었다. 그런 상황에서 투자를 지속하기란 쉽지 않다. 주식 투자를 해오며 지킨 본인의 철학과 확신의 대가로 얻은 이익. 친구의 수익보다 그런 확신을 두고 실행할 수 있었던 통찰이 더 대단하고 부러웠다.

아이들이 경제에 대한 꾸준한 관심과 흐름을 주식을 통해 알아갔으면 한다. 주식 투자를 직접 하게 되면, 한 번이라도 더 관심을 두지 않을까 하는 마음이다. 만약 녀석들이 즐기는 게임회사에 투자한다면 게임이 재미있는지, 사용자는 몇 명인지, 새로운 게임이 개발되고 있는지, 경쟁업체는 어떤지 정도는 '생각'해 볼 기회가 된다. 투자했다면 주식 가격이 오르고 내릴 때마다 그 이유를 궁금해하며 자연스레 경제 전반적인 흐름과 기업에 관한 고민도 해볼 거라는 기대감도 있다. 게임을 즐기기만 하던 소비자에서 투자자의 관점으로 바뀌면 평소에는 볼 수 없던 경제의 흐름을 찾아낼지도 모른다. 경제 교육과 흐름을 익히기 위해 아이들에게 직접 주식 투자를 맡겨보는 것만큼 좋은 방법은 없다는 게 나의 생각이다.

매달 꼬박꼬박 은행에 저축하는 것보다 주식 투자를 하는 것은 훨씬 귀찮고 신경 쓰이는 일이다. 심지어 온갖 정보와 비교 분석을 통해 매수한 주식인데 수익률이 마이너스라도 되면 가만히 돈을 은행에 넣어 놓았을 때보다 못한 결과를 가져올 수도 있다. 그런데도 중학생이 되면 아이들에게 주식을 직접 거래하도록 하겠다는 나의 고집은 '투자'에 대한 진짜 의미를 경험으로 알게 해주고 싶다는 욕심 때문이다.

인터넷에서 '투자'라는 사전적 의미를 검색하면 '던질 투(投), 재물 자(資). 이익을 얻을 목적으로 돈을 대거나 시간이나 정성을 쏟는 것'으로 풀이되어 있다. 돈, 시간, 정성을 던져야 투자다. 그러나 돈과 시간, 정성을 쏟았다고 해서 단번에 성공을 가져다주지 않는다는 것을 이제는 안다. 어떤 투자이든 성공이라는 달콤한 맛을 보기 전까지는 '수없이 좌절하고 부딪혀야 하는 일이 생긴다.'라는 생략된 내용을 깨닫게 해주고 싶다. 내 품에 있을 때만이라도 이런 생략된 내용의 투자를 경험해봤으면 싶다. 열 번이든 백 번이든 실패해도 부모 품 안이라면 아이가 좀 더 당당하게 다음을 시도해 볼 용기 내지 않을까?

중학생. 그리 큰돈을 투자하는 게 아닌 이 시절이라면, 오히려 얼마든지 실패해 보라고 등 두드려 주는 멋진 부모가 될 수도 있을 것 같다. 그리하여 시간이 지나 내 품에서 독립하기로 한 스무 살에는, 실패에 대한 두려움보다 당당함으로 자기 삶을 시작했으면 한다. 차곡차곡 쌓여가는 돈과 시간, 그리고 정성이 잘 버무려지면 어느 순간 자신만의 투자방식과 철학이 생기게 되지 않을까? 누가 뭐라고 해도 흔들리지 않고 꿋꿋하게 자신만의 '길'을 만들어 나갈 수 있을 것이라는 믿음이다. 주식을 통해 수익을 내는 것도 좋겠지만 무엇보다 자신만의 철학을 만들어가며 인생에 '투자'하는 시간을 보냈으면 하는 마음이다.

돈이란 늘 어떻게 '쓸까'를 생각하게 되는 것 같다. 그 돈이 내 손에 쥐어지게 되면 고민은 더욱 깊어진다. 모든 물건이 그렇지만 '내 것'이라는 이름표가 붙으면 그렇게 애틋하고 소중할 수가 없다. 도서관에서 빌린 책보다 서점에서 산 내 책을 더 아끼게 되고, 전셋집 살 때보다 내 집에 살 때 더 쓸고 닦게 되는 것처럼 사람은 모두의 것보다 '내 것'에 더욱 마음을 쓴다. 코로나로 인해 재난 지원금을 받았을 때도 그랬다. 힘들게 일해서 번 돈은 '내 돈'이지만 정부에서 준 지원금은 그냥 '받은 돈'이라는 생각에 평소라면 먹지 않고 사지 않았을 물건도 덥석덥석 집게 되었다.

아이들이 내 돈이라는 책임감을 가질 수 있도록 해주고 싶다. 주식거래를 통해 발생하는 이익과 손실이 얼마가 되던 오롯이 각자가 투자한 그 돈으로 20대를 시작하게 해 줄 생각이다. 입버릇처럼 스무 살이 되면 무조건 '독립'을 외치는 나로 인해 엄마랑 평생 살겠다던 아이들도 이제는 문득문득 어떤 집을 구할 것인지, 좋아하는 강아지를 키울지 말지에 대한 고민을 한 번씩 한다. 육체적인 독립뿐 아니라 경제적으로도 독립할 수 있도록 그때까지 아이들 이름으로 모아 두었던 돈도 함께 보낼 생각이다.

부모가 일방적으로 통장에 차곡히 모은 돈을 내미는 것과 스스로 내 것이라는 주인의식을 가지고 투자했던 돈으로 시작하는 홀로서기는 시작부터 큰 차이이다. 아이들이 직접 주식 투자하면 '내 돈'이라는 마음에 더욱 시간과 정성을 쏟게 되리라는 생각이다.

아직 아무것도 모르는 어린아이라는 생각에 선뜻 돈을 맡기기도, 주식을 권하기도 망설여지는 것이 사실이다. 그러나 아무리 나이가 들어도 자식은 부모에게 항상 어린아이와 같다는 말을 생각하며 지금 아니면 팔순이나 되어야 독립시킬 수 있다는 각오로 해보려 한다.

세상에서 가장 믿음이 필요한 것을 꼽으라면 돈거래와 부모·자식 간이 아닐까? 그 두 가지 믿음에 용기 내본다. 내 아이를 믿고, 시간과 정성이라는 힘을 믿고 주식거래를 시켜보려 한다. 설령 믿는 도끼에 발등 찍힌다 해도 한 번도 도끼질해보지 않는 것보단 나을 테니까. 발등을 찍었다는 건 도끼질을 잘하지 못하는 방법 한 가지를 알게 된 것이다. 잘하지 못하는 방법을 많이 알게 될수록 잘하는 방법의 확률을 높여가는 것처럼 중학생 때부터 시작하는 투자 경험은 수많은 실패의 방법을 알려줄 훌륭한 기회를 제공할 거라 믿는다. '실패가 성공의 어머니'가 될 수 있었던 이유를 온몸으로 깨달을 아이들을 기대하며, 중학생 되는 그날을 손꼽아 본다.

고등학생 - 돈 계획서 작성

(창업계획서, 대학 생활비용)

교복을 입고 삼삼오오 무리 지어 가는 아이들 뒤를 따라 걸었다. 좁은 인도를 꽉 메운 채 걷는 고등학생 남자아이들을 뒤따르다 보니 자연스레 그들의 이야기가 내 귀까지 흘렀다. 대학 지망학과에 관한 이야기부터 하고 싶은 게 있는데 돈이 너무 많이 든다는 이야기까지. 고등학생쯤 되면 직업 선택으로 고민이 많아진다. 당장 학교를 졸업하면 대학을 갈 것인지 말 것인지, 어떤 전공을 선택해서 배움을 이어 나갈 것인지, 바로 현장으로 뛰어들 것인지…. 이러한 고민으로 3년이라는 시간을 채우기에 여념이 없다. 어쩌면 인생에서 가장 큰 결정을 내려야 하는 첫 번째 순간이 고등학생 시절이 아닐까 한다.

고등학교 3학년과 1학년 아들 두 형제를 둔 지인이 얼마 전 내게 이런 말을 했다.

"서진 엄마! 지금 보내고 싶은 학원, 시키고 싶은 공부 그 비용 다 아껴놔. 본 게임은 고등학교부터 시작이야. 문제집값만 해도 한 달 10만 원 훌쩍이야. 그나마 예체능 전공한다는 녀석 없어서 다행이긴 한데, 둘이 대학 생활 동시에 하면 어쩌나 벌써 걱정한다니까. 한 놈은 제발 등록금 싼 국공립대학 가면 좋겠다 싶어."

막연하게 생각해 본 적 있다. 지금이야 초등학생이니 그나마 사교육 없이 버틸 수 있는 건 아닐까? 중, 고등학생 된 아이들이 공부하겠다고 학원 보내 달라는 부탁을 과연 부모로서 거절할 수 있을까?

사교육비로 차라리 주식 사놓고 어른 되면 주라던 어느 주식 예찬론자의 말을 이해는 한다. 그러나 다른 한 편으로는 내심 걱정되는 것 또한 사실이다. 대한민국 사교육비의 과도한 지출을 우려한 말이었을 테지만 막상 내 자식 공부시키는데 그 돈 아낄 부모 없다. 굳이 대학입시가 아니더라도 녀석들이 '공부'라는 단어를 꺼내들면 부모로서는 거절할 방법이 없다. 돈이 바쁘다는 지인의 말에 어느 정도의 금액이 필요할지 그날 바로 예산을 짜보았다. 고등학생 시절뿐 아니라 그 이후 아이들에게 필요한 금액도 고민하게 되었는데, 가만 보니 이건 내가 할 일이 아니다 싶다. 스무 살부터 독립시키기로 한 나의 선포에 걸맞게 이후의 예산은 아이들이 스스로 짜보는 연습이 필요하다는 생각이었다.

직업적으로 그리고 성인으로서 삶을 준비하는 고등학교 시절 동안 그에 맞는 비용을 계산해 보는 시간을 가져보면 좋겠다. 우리 아이들이 고등학생이 되어 미래를 고민할 때 '예산 짜기' 과제도 함께 내줄 생각이다. 대학에 진학하게 된다면 학교생활 하는 동안 필요한 모든 자금, 직장 생활을 바로 시작한다면 그에 따른 생활비용, 창업하게 된다면 얼마의 자본금이 있어야 할지에 대한 고민. 고등학생 시절 이런 고민을 해 본다면 다음 단계를 준비하는 아이들에게 더욱더 구체적이고 선명한 꿈을 꿀 수 있게 해주지 않을까?

돈에 대한 계획을 세울 때는 구체적인 지출 목적과 그에 따른 기간 설정이 필요하다. 미래 계획이라 자세한 계획을 세우는 것이 어려우므로 이럴 때는 하고 싶은 일을 나열해서 써보는 것이 방법이 될 수 있다. 예를 들어, 대학 진학이 목표라면 2022년 대학 입학, 2023년 배낭여행, 2024년 어학연수 2025년 교환학생. 이렇게 평소 꿈꾸던 대학 생활의 로망을 연도별로 적어놓고 그 꿈을 이루는데 필요한 비용을 계산해 보는 식이다. 연도별 나의 꿈과 목표에 따른 돈을 예상해보고 다시 세부적으로 해당 연도별 필요 자금을 세세하게 나눠서 적어본다. 그리고 그 금액을 어떤 방법으로 마련할지에 대한 계획도 써본다. 만약 대학을 간다면 입학 시 등록금을 학자금 대출을 할지, 본인이 모은 자금으로 할지, 장학금을 목표로 할지 등의 방법을 써보는 식이다.

꿈 자금 표

연도	2022	2023	2024	2025
목표	대학 진학	배낭여행	어학연수	교환학생
필요 자금	1,000만 원	500만 원	1,000만 원	1,000만 원
자금 마련 방법	장학금 또는 학자금 대출	아르바이트	주식+저축통장	달러 통장 활용
자금 마련 기한	장학금 받고 대학 입학할 수 있는 점수 만들기 또는 학자금 대출 이율 비교 후 저축통장 활용.	대학 1학년 여름 방학, 겨울 방학 아르바이트로 500만 원 만들기, 늦어도 2학년 여름 방학까지 돈 만들어서 겨울 방학 때 가기.	저축통장 활용+ 부족한 돈은 주식 20% 이내 매도로 목표 금액 만들기.	2025년까지 꾸준히 달러 만들어 놓고 활용하기.

미래 계획을 세우면 부모 또한 아이들의 꿈을 들여다볼 수 있고 목돈에 대한 금액을 구체화할 수 있다. 필요 자금을 미리 준비할 수 있는 시간을 갖는 것은 물론, 얼마만큼을 지원해줄 것인지에 대한 선을 정해보는 시간이 되기도 한다. 아직 하고 싶은 일이나 구체적인 꿈이 없는 아이들일수록 막연히 떠오르는 것들을 종이에 써 내려가는 연습해 보면, 무수히 적힌 많은 단어나 문장들 속에서 오히려 꿈을 발견할 수도 있고 하고 싶은 일을 찾는 좋은 계기가 될 수도 있다.

아이들의 꿈이 돈 때문에 꺾이지 않았으면 한다. '형편에 맞는 전공'을 선택하거나, 반대로 '돈 안 되는 직업'이라고 반대하는 주변의 만류에 꺾이지 않길 바란다. 아이들이 하고 싶은 것을 하지 못하게 되는 일 없도록 미리 돈 계산을 해 보면 좋겠다.

깜깜한 밤길이 무서운 건 뭐가 튀어나올지 '모른다'라는 불안감 때문인 것처럼, 모든 두려움은 무지에서 시작된다. 내가 하고자 하는 일이 돈이 얼마나 들지 몰라 불안감에 지레 포기하는 일 없이 한 번쯤 계산하고 돈을 알아보자. 아이들의 꿈이 현실과의 타협으로 택하게 되는 차선이 아니라 오로지 스스로에 대한 기대와 희망으로 선택되는 1순위였으면 한다.

아이들의 꿈에 돈이 방해되지 않길 바란다. 미리 계산해 보고 준비해서 부모·자식 간이라도 돈 때문에 미안해질 일 없었으면 좋겠다. 더 해주지 못해 미안한 부모의 죄책감과 하고 싶은 일, 돈 많이 들까 말 못 하는 자식의 미안함이 생기지 않길 바란다. 나의 미래 비용을 미리 알고 시작한다면 상대의 패를 먼저 읽고 시작하는 게임처럼 당당히 내가 가진 꿈을 내세울 수 있을 것이다. 꿈이 꿈으로 끝나지 않고 이루어질 수 있도록. 아이들의 꿈이 돈 때문에 꺾이지 않도록 '돈 계획' 세워보는 시간을 가져볼까 한다.

스무 살 - 부동산 직접 구해보기

아이들 시기별로 진행하려는 나의 이런 계획들이 아직 초등학생만 둘인 세상 물정 모르는 엄마의 '희망 사항'으로 비칠지도 모르겠다. 그러나 환자를 살리기 위한 최적의 시간인 골든타임이 있는 것처럼 내게는 이런 일들이 아이들에게 시기별로 알려주고 싶은 경제 활동 타임이다. 때에 맞춰 아이들이 직접 경험할 수 있도록 하기 위한 나의 역할은 물론이고 아이들이 스스로 할 수 있는 일도 찾아본다. 그중 아이의 스무 살 독립에 맞춘 최종 단계는 홀로서기를 위한 집 마련이다.

스무 살. 대학에 들어가면서 처음으로 부동산 계약서에 내 이름을 써봤다. 학교 앞 신축 원룸 방을 본 2월의 어느 날이었다. 그마저도 부모님이 구해 주시고 돈까지 주셔서 계약자인 부모님 이름 밑에 실거주자인 내 이름 하나 달랑 끼워 넣은 것이었다.

부모님이 계약 내용을 확인하고, 약관을 챙기고, 꼼꼼히 등기부등본을 확인하는 동안 전혀 나와는 상관없다는 생각에 우두커니 앉아만 있던 기억이 난다. 어차피 내가 할 일이 아니라는 생각과 '크면' 저절로 알게 될 거라는 안일한 생각이 스무 살의 나를 부동산 소파에 등을 뒤로 깊숙이 기대게 했다. 스무 살이면 키도 몸무게도 최고로 큰 시절이었는데 얼마나 더 크길 바란 건지 부모님도 나도 가르칠 생각도, 알 생각도 하지 않았다.

두 번째 계약은 직장 생활을 시작하면서였다. 지하철로 30분 내 출퇴근할 수 있는 역세권의 빌라로 이사를 했다. 부모님이 지방에 계시기도 했지만 이젠 진짜 다 '컸으니' 혼자서 집을 구해야 했다. 지하철역에서 5분 정도 거리의 경사진 언덕에 있는 엘리베이터 없는 5층 꼭대기 집이었다. 부동산 사장님은 윗집이 없으니 층간 소음 없이 조용히 지내기 딱 좋은 매물이라고 소개했다. 덧붙여 이마저도 지금 계약하지 않으면 어제 보고 간 사람이 오후에 계약할 거라며 서둘러야 한다고 채근했다. 급한 마음에 덜컥 계약금부터 건넸다. 서울 시내 이만한 가격, 이만한 집이 없다던 사장님 말의 진실을 이사한 첫날, 나는 바로 깨달았다.

온종일 회사 일과 지하철에서 시달린 몸을 역 입구에 꺼내놓자 한숨부터 나왔다. 아침에는 신나게 내려오던 5분의 내리막길이 집에 갈 때는 에베레스트산보다 높은 오르막으로 느껴졌다. 무릎을

짚으며 겨우 집 앞에 도착하면 그때부터 빌라의 5층 계단이 기다리고 있었다. 왜 이 매물만 남았었는지 그때야 알았다. 게다가 층간 소음 없다던 꼭대기 층 가장자리 집은 여름에 덥고 겨울에 춥다고 왜 아무도 내게 말을 안 해줬을까?

그 뒤로 몇 번의 이사를 했고, 계약할 때마다 혹시나 하는 불안감과 큰돈이 오간다는 사실이 익숙해지지 않은 채 부담으로 다가왔다.

한창 돈 공부하느라 부동산에 집을 보러 다닐 때 아이들을 데리고 다녀야 하는 경우가 많았다. 어쩔 수 없이 엄마 따라다니던 서진이가 어느 날은 이런 말을 했다.

"엄마, 이 동네 되게 좋다. 놀이터가 엄청 많아."

"엄마, 방금 본 집은 별로야. 이상한 냄새 났어."

서당 개도 삼 년이면 풍월 정도는 읊는다더니 엄마 따라 임장을 다니다 보니 제 눈에도 보이는 게 있구나 싶었다. 처음 부동산에 투자할 때 한 지역에서 물건 100개를 검토했다. 100개 중에 하나를 선택하면 그나마 좋은 것을 찾아낼 수 있지 않을까 하는 마음이었다. 또 물건을 볼 때마다 확신을 더 해 감으로써 불안감을 줄이는 역할도 했다. 지금이야 지역과 가격을 비교하는 눈이 어느 정도 생겨 가격을 들으면 싼지 비싼지 감이라도 잡을 수 있지만 초보 시절엔 그저 양을 채워가면서 불안감을 하나씩 줄여나갈 뿐이었다. 초보는 질보다 양을 채우는 게 필요함을 다시 한번 깨달았다.

살면서 부동산 거래를 한 번도 하지 않을 수는 없다. 집 없이 사는 사람 없기에 그 집이 소유든 렌트든 어떤 형태로의 거래를 할 수밖에 없다. 닥치면 '저절로' 알게 된다는 핑계 같은 말은 일찌감치 버리고 아이들에게 집 구하는 연습을 시켜볼까 한다.

스무 살 독립을 맞아 혼자 살 집 구하는 것부터 시작해보는 것이다. 내가 처음 투자를 시작했던 때처럼 살고 싶은 지역을 정하고 물건 100개를 보고 정리한다. 그리고 최종 다섯 군데 정도만 뽑은 다음 부모와 함께 둘러보고 계약을 할 수 있게 할 생각이다. 계약서 쓰는 자리에 동행은 하겠지만, 거꾸로 이번에도 내 일이 아니라는 듯 부동산 소파에 몸을 기대고 느긋하게 아이를 바라볼 생각이다. 스무 살이면 성인이다. 다 컸다. 혼자 살 집 구하는 것을 시작으로 부동산 공부도 시켜보려 한다.

부동산 거래를 할 때면 가끔 내게 전화를 걸어와 이것저것 물어보는 주변 사람들이 있다. 비싸게 사는 건 아닌지, 잘하는 거래인지, 괜찮은 물건인지 등을 물어본다. 정답이 아니더라도 내가 아는 한 모든 것을 기꺼이 알려주고 나면 도움이 됐다는 생각에 뿌듯함을 느낀다. 내가 대단한 고수라거나 집값의 등락을 맞추는 족집게라서 물어보는 게 아니다. 그저 남들보다 시장을 조금 자세히 들여다본 몇 번의 '경험'이 더 있을 뿐이다.

평생 경험하지 않아도 되는 일이라면 끝까지 모르는 척 눈 감고 지나쳐도 괜찮다. 그러나 나는 물론이고 우리 아이들, 아이들의 아이들까지 누구나 한 번 이상은 해보게 되는 부동산 거래다. 지금 내가 배우고, 우리 아이들에게도 알려줘서 평생 써먹을 수 있는 지식이라면 하루라도 빨리 배워놓으면 좋지 않을까? 부동산 투자자가 되라는 말이 아니다. '기본'은 알고 있어야 이 자본주의사회에서 살아갈 수 있다.

부동산 공부. 스무 살 독립에 맞추어 '집 구하기'로 입문시켜 볼 생각이다. 집을 구하면서 만나게 될 모든 순간마다 또 다른 경제 분야를 배우고 눈뜨길 바란다.

시기별 해두어야 할 비과세 증여

부모로서 자식에게 해줄 수 있는 많은 일 중 때를 놓치면 할 수 없는 것이 있다. 돈에 있어서는 바로 '비과세' 증여이다. 비과세라니? 그럼 내 돈 내 자식한테 주는데도 세금 낸다는 말인가? 억울해 할 사람도 있을지 모르겠다. 그러나 앞서 이야기했듯 모든 수익에는 세금이 따른다. 아무리 부모가 준 돈이라 한들 자식으로서는 저절로 얻게 된 수익이니 당연히 세금을 내야 하는 것이다. 떳떳하게 세금 없이 아이들에게 줄 수 있는 돈이 미성년자일 경우 10년마다 2천만 원, 성인이 되고 나서는 5천만 원이다.

아이들의 나이가 어릴수록 유리한 점이 있으니 어떻게 하면 좋을지 다음 사례를 보면서 우리 아이들에게 증여할 돈도 계획을 세워보자.

1) 0살. 태어나면 바로 2천만 원 증여

임신하는 순간부터 돈이 들기 시작한다. 매달 병원 검진비며, 각종 비타민과 영양제값은 물론이고, 아이들이 태어나면 필요할 물건도 사게 된다. 귀엽고 앙증맞은 아가 용품을 하나둘 사다 보면 아직 아이는 태어나지도 않았는데 벌써 돈이 부족하다고 느낄 지경이다. 이때, 조금만 정신 줄을 잡고 돈을 아껴두자. 아이가 태어나면 어차피 가정의 대부분 지출이 아이 중심으로 돌아간다. 그러니 이때만이라도 아껴서 아이가 태어나면 그 돈을 증여해주면 어떨까 한다.

아이의 첫 생일 전까지, 주변에서 건네는 축하금과 아끼고 모은 돈으로 2천만 원을 만들 수만 있다면 가장 좋다. 그러나 월급으로 일 년에 2천만 원을 현금으로만 모은다는 게 말처럼 쉬운 일이 아니다. 특히나 외벌이 가정이라면 더더욱 엄두를 못 낼 일이다. 이렇게 '태어나면 바로 증여!'를 외치는 나도 우리 아이들 첫 생일 전에 증여해주지 못했다. 변명 같지만, 그때는 이런 비과세 증여를 몰랐거니와 알아도 돈이 없을 때였다.

한 번에 줄 수 없다면 일단 아이 이름의 통장에 매달 돈을 모으자. 내가 권하고 싶은 방법은 정부에서 아이들 이름으로 나오는 지원금을 모아가는 것이다. 2022년부터 태어나는 아이들은 23개월까지는 아동수당 10만 원과 영아 수당 30만 원을 더해 총 40만 원의 지원금을 받는다. 23개월이 지나면 영아 수당 대신 양육수당으로 10만 원을 받게 되어 아동수당 10만 원과 함께 총 20만 원을 만 8세 미만까지 받게 된다.

이를 계산해 보면

40만 원* 23개월 = 920만 원

20만 원*54개월= 1,080만 원

총 77개월 즉, 6년 5개월이면 2천만 원을 모을 수 있다. 그럼 이때 증여 신고를 한 번 하는 것이다. 앞서 설명한 것처럼 10년에 한 번씩 2천만 원까지 미성년자 비과세 증여를 허용한다. 성인이 되는 스무 살 전까지는 10년마다 한 번씩 증여가 가능하므로 7살에 2천만 원을 증여했다면 17살 이후에 다시 한번 할 수 있게 되는 것이다. 0살에 하든 7살에 하든 스무 살 전에 증여를 두 번밖에 할 수 없다는 사실은 같지만, 나처럼 아이를 스무 살에 경제적으로 독립시키고자 하는 생각이 있는 부모라면 0살에 증여를 한 번 하고 10살에 다시 하고 10년 뒤인 스무 살이 되면 성인 자녀 비과세 증여 금액인 5천만 원을 증여해서 총 9천만 원을 아이 손에 쥐여주며 세상에 내보낼 수 있게 된다.

2) 첫 증여 후 10년 뒤 증여는 주식으로

처음 증여를 오로지 현금으로 2천만 원 신고했다면 두 번째 증여 신고는 주식으로 해 볼 생각이다. 현금 2천만 원의 증여와는 달리 주식 증여는 신고 시점의 금액으로 평가된다. 예를 들어 내가 삼성전자나 애플 주식을 3천만 원의 원금으로 투자했다고 가정해 보자. 그러나 증여 신고 시점 해당 주식의 평가금액이 2천만 원이라면 증여 금액을 2천만 원으로 본다. 3천만 원에 산 주식이 2천만 원으로 떨어졌는데 뭐 좋다고 증여 신고하냐고 생각할지도 모르겠지만, 부자들은 주가가 내려가는 하락장에 증여 신고를 한다. 이유는 평가금액이 올라 얻게 된 차익에 대해서는 세금이 없기 때문이다. 2천만 원의 주식 평가 금액을 증여로 신고 후 주가가 올라 5천만 원이 되면 3천만 원의 수익에 대해서는 추가로 세금을 부과하지 않는 것이다. 내가 가진 우량주가 일시적인 조정으로 가격이 흔들릴 때 주식을 증여하기에 좋은 타이밍이 될 수 있다. 아이들이 중학생이 되면 주식 투자를 경험하게 할 나로서는 이 방법으로 두 번째 증여할 생각이다.

3) 성인이 된 후 5천만 원 증여

부동산 임장을 열심히 다니던 2019년 어느 날, 마포에 있는 한 아파트에 물건을 보러 간 적 있다. 집을 살피고 부동산에 앉아 사장님과 이런저런 이야기를 하던 중 집주인의 나이가 스물네 살 대학생이라는 이야기를 들었다. 대학생이 무슨 돈이 있어 서울, 그것도 마포에 집을 샀을까? 금수저인가? 이런저런 생각을 혼자 하고 있는데 내 생각을 읽은 듯 사장님이 말했다.

"이 물건 내가 중개해서 기억나네요. 3년 전에 강남에서 아버지랑 딸이 같이 와서 매매했는데 아버지가 딸한테 성인 된 기념으로 5천만 원 증여했다고 하더라고요. 그때 이 집 전세가랑 매매가가 5천만 원 정도 차이 나서 증여받은 돈으로 딸이 이걸 샀어요."

나는 벌어진 입을 다물지 못했다. 충격이었다. 3년 전 5천만 원을 들여 투자한 집은 내가 물건을 보러 간 시점에 이미 시세차익이 4억을 넘기고 있던 때였다. (2022년 현재 이 글을 쓰며 다시 보니 시세차익은 9억 정도가 되어 있다) 이 경우 양도세는 따로 내야겠지만 시세차익에 대한 세금은 없다. 나는 스물네 살에 뭐 했었나 싶은 생각과 함께 나도 그 아버지처럼 방향을 제시해 줄 수 있는 부모가 되어야겠다고 생각했다. 그와 함께 아이들이 성인이 되면 증여해 줄 돈 5천만 원을 마련해야겠다고 다짐했다.

애가 둘이니 각각 5천만 원이면 1억. 외벌이인 남편 혼자 이 돈을 감당하기엔 턱없이 부족하다는 것을 깨닫고 마포에 다녀온 그날 이후, 아이들에게 증여할 돈 마련을 위해서라도 투자에 더 열 올렸던 생각이 난다.

미성년자 비과세 증여를 주변에 알리니 이제 막 임신한 동생 부부는 증여 계획부터 세워놓았다. 아이가 서른 살이 되면 수중에 1억 4,000만 원을 쥐어서 결혼시키겠다는 야심 찬 계획을 이미 만들어 놓았다. 0세 2,000만 원, 10세 2,000만 원, 20세 5,000만 원,

30세 5,000만 원 총 1억 4천만 원을 손에 쥐여주고 서른이 넘는 그 이후엔 아이에게 경제적 지원을 끊겠다고 했다. 스무 살에 독립시키겠다고 하는 나와 달리 인정이 많은 동생이다.

사전 증여의 좋은 점을 정리해보자면 이렇다.

첫째, 말 그대로 자녀가 돈을 쥐고 사회생활을 시작할 수 있다. 든든할 거다. 나름의 사업을 시작할 밑천이 될 수도 있고 보탬이 될 수도 있다. 자금을 마련해준다는 의미다.

둘째, 비과세 혜택을 볼 수 있다. 합법적으로 세금을 줄이는 방법이라면 적극적으로 활용해야 하지 않겠는가?

셋째, 독립 후에도 부모한테 기대려는 습성을 사전에 차단할 수 있다. 특히, 나처럼 경제적 독립을 시킬 계획이 있는 부모라면 적극적으로 추천한다. 돈에 대한 책임감, 그리고 신중함까지 함께 가르치는 방법이다.

시기별 비과세 증여. 골든타임 놓치지 않고 제때 해줄 수 있는 최고의 선물이 되면 좋겠다.

제 6 장

행복한 아이는 경제 공부로 완성된다

돈 공부를 위한 우선순위

돈에 대한 올바른 인식과 생각을 알려주고 싶어 시작한 돈 이야기지만 걱정되는 것이 사실이다. 아이들이 과연 내 뜻을 얼마나 제대로 받아들이고 있을지, 돈이 최고라는 어긋난 생각을 가지게 되는 건 아닐지, 이런저런 고민이 되는 것도 사실이다.

돈을 밝히지 않고 돈에 마음이 쫓기지 않는 모습을 부모로서 먼저 보여야 참교육이 되는 것인데 말처럼 쉽지 않다. 당장 나만 해도 돈이 있어야 뭐든 할 수 있을 것 같고, 돈 없으면 무시 받는다는 생각이 깊숙이 깔려 있었다. 이런 마음으로 인해 20대 때는 직장을 선택할 때 그 어떤 조건보다 연봉이 높은 곳을 최우선 순위로 두었다. 일의 강도와 시간 투여는 높아진 연봉과 비례했고 그로 인해 희생되는 '나'로서의 삶은 자연스레 줄어갔다. 나중을 위해 지금을 희생하는 것은 당연하다고 생각했다. 투자를 시작하고 나서도 마찬가지였다. 내가 지금 열심히 투자해야 노후에 편하게 살 수 있을 것이라는 생각에 모든 것을 제쳐두고 오로지 '돈'만 생각하던 시절이었다.

지금에 와서 과거의 나를 돌아볼 때 가장 후회되는 것은 돈만 좇았다는 것이다. 돈 자체만 바라봤기에 아무리 달려도 닿지 않고, 아무리 채워도 채워지지 않는 느낌이었다. 끝이 나지 않을 것 같아 목표 금액을 세우고 그 자산을 이룰 때까지의 기간도 정했다. 그러나 무슨 일이 생겨도 목표 자산을 기간 안에 이루겠다는 욕심이 여전히 나를 힘들게 했다. 돈만 바라보느라 주위를 둘러볼 여유도 없었다.

어느 날, 첫째의 유치원에서 보내온 1년 야외 활동 사진첩을 보다가 문득 내 아이만 사진마다 다른 옷을 입고 있다는 사실을 알았다. 체육복을 입혀 보내야 하는 날, 하얀 티셔츠를 입어야 하는 날, 긴 청바지를 입는 날 등 특별활동을 위해 입을 옷을 정해주는 날마다 단 한 번도 반 아이들과 같은 옷을 입지 않고 사진 속에 있는 서진이었다. 그 시절 나의 바쁜 투자 생활은 모두 우리 가족의 여유 있는 삶과 행복을 위해서라고 포장했다. 내가 아니라 가족을 위한 일이니 바쁜 것도, 힘든 것도 다 이해를 바랐다.

사진첩을 한 장씩 넘길 때마다 돈 좇느라 아이들을 제쳐두었던 스스로가 그렇게 한심할 수 없었다. 다시 생각했다. 왜 돈을 벌려고 하는지, 왜 돈이 필요한지, 돈에 대한 나의 기준과 철학을 바로 세우기 위해 무엇을 할 것인지, 왜 그만큼의 돈이 필요한지 이유와 목적을 다시 세웠다. 남들이 말하는 부자 기준이 아닌, 내 상황에 필요한 돈과 이유를 계산하고 정리했다. 투자를 시작할 때 혼자 목표로 했던 금액을 깨끗하게 지우고 이번에는 남편과 함께했다. 살면서 필요로 하게 될 돈과 이유를 공유했다. 한껏 부린 욕심과 다른 사람의 기준을 걷어내니 목표 자산이 처음보다 오히려 줄어들었다. 새로 기준을 세우고 나니 여유가 생겼다. 행복해지는 최선의 길은 목표를 낮추는 것이라고 했던 전설의 투자자 찰리 멍거의 말이 그제야 고개가 끄덕여졌다.

11살이 된 서진이에게 유치원 시절 사진을 내밀며 다시 돈 이야기를 꺼내 본다. 오랜만에 보는 꼬마 서진이의 귀여운 얼굴과 함께, 혼자만 다른 옷을 입고 브이를 그리는 아이 사진을 보며 이야기한다.

나 : 이때 왜 서진이만 다른 옷 입고 있는 줄 알아?
서진 : 엄마가 바빠서 단체복 입는 날인 거 몰랐나 보지 뭐. 이것 봐 나는 머리도 맨날 까치머리야. 아침마다 엄마도 나도 늦어서 머리도 제대로 못 빗고 정신없이 유치원 버스 탔잖아.

아무렇지 않게 웃으며 말하는 녀석이었지만, 그 사실을 기억하고 있다는 자체가 이미 마음 한편 엄마에 대해 섭섭함과 그리움이 남았다는 것처럼 들렸다.

서진이에게 다시 이야기했다.

"엄마가 이때 돈에만 너무 집중해서 우리 가족을 조금 미뤄뒀던 것 같아. 미안해"

때늦은 사과를 했다. 그리고 곧바로 말을 이었다. 엄마가 진짜 하고 싶은 이야기는 돈만 좇으면 소중한 것을 보지 못하는 경우가 생긴다는 것을 알려주고 싶었다고. 돈이 중요하지 않은 것은 아니지만 인생에서 돈만큼, 아니 돈보다 중요한 것도 많음을 이야기해주고 싶었다고. 나의 지난 실수를 반면교사 삼아 너는 그러지 않았으면 한다는 나의 고백이었다.

지금도 가끔 옛 사진을 들추면 나에게는 생소한 사진이 많다. 내가 모르는 장소에서 아이들과 남편만이 웃고 있다. 그 시절 남편과 아이들 대신 좇은 돈에 대한 씁쓸한 기억이 나만 없는 그 사진들 속에 저장되어 있다. 음식에 소금을 집어넣으면 간이 맞아 맛있는 요리가 되지만, 소금에 음식을 넣으면 짜서 먹을 수가 없다. 마찬가지로 인생에 돈을 넣으면 행복은 더욱 배가 되지만 돈에 인생을 넣으면 그 행복은 장담할 수 없지 않을까? 돈을 향해 뛰기 전에 자신만의 기준과 철학으로 우선순위를 정하는 일이 무엇보다 중요하다고 이제야 목소리 내어본다. 돈만 바라봤던 시절 엄마의 미안함을 이렇게 또 다른 가르침으로 남긴다.

돈맛 제대로 아는 아이들

언젠가 아이들에게 물어본 적 있다.

“돈이 아~주 많으면 너네는 뭐할 거야?”

서진이는 한창 유행 중인 포켓몬 카드를 원 없이 사보고 싶다고 했고, 서윤이는 휴대전화를 살 거라고 했다. 왜 그게 사고 싶은지 다시 물었다. 포켓몬 카드를 많이 가진 걸 알면 친구들이 자신을 엄청나게 부러워할 것 같다는 서진이의 대답과 놀이터에서 놀 때 보니 친구들 다 가지고 있는 휴대전화가 없어서 부끄럽고, 부러웠다는 서윤이의 예상 밖의 대답이 돌아왔다.

남녀노소를 불문하고 돈이 많은 사람은 그렇지 못한 사람들에게 부러움이자 동경의 대상이다. 나만 해도 그랬다. 시집 잘 간 친구 혜진이를 만날 때마다 그렇게 부러울 수가 없었다. 사업하는 남편 따라 수시로 미국이든, 유럽이든 출장 겸 여행도 오가고, 항상 관리받는 '사모님'이라 그런지 동기들보다 다섯 살 정도는 훨씬 더 어려 보이는 그녀는 친구들 사이에서 늘 부러움의 대상이었다.

'자본주의의 바퀴는 부끄러움이고, 자본주의의 동력은 부러움이었다.'

자본주의의 민낯을 이토록 잘 표현할 수 있을까? 이십 대 때 읽은 소설 속 이 글귀를 그때는 이해하지 못했다. 작가는 소설《죽은 왕녀를 위한 파반느》를 통해 부끄러움을 벗어나고 부러움의 대상이 되기 위해 이 세계는 계속해서 성장엔진을 가동 중이라고 했다. 나 역시 부끄럽지 않은, 흔한 말로 '없어 보이지 않기 위해' 무한 바퀴를 굴리며 살아간다. 그러다 혜진이와 동기들이라도 만나고 오는 날이면 더욱더 엔진을 가동하게 된다.

가만히 생각해보면 돈 많은 사람이 부러운 이유는 돈 자체가 많아서라기보다 그 돈으로 할 수 있는 수많은 선택지에 대한 부러움이다. 돈의 다른 의미인 자유를 향한 열망이다. 돈이 많다는 것은 하기 싫은 일을 하지 않고 그 누구의 눈치 없이 자유롭게 선택할 수 있다는 뜻이기도 하다. 경제적인 이유로 꾹 참고 버티던 일들을 당당하게 버릴 수 있다는 의미이다.

돈이 제 기능을 하기 위해서라도 돈이 주는 자유와 가치를 만끽할 줄 알아야 한다. 아무리 돈이 많아도 그것이 아까워 평생 쓰지 못하는 사람은 그저 '돈'만 많은 사람일 뿐이다. 부럽기는커녕 불쌍하다는 생각까지 든다. 언제부터인가 이 돈맛을 진정으로 즐기려면 돈을 제대로 쓸 줄 알아야 한다고 생각했다. 어떻게 써야 돈을 제대로 쓰는 것일까? 아이들에게 돈의 맛을 알려주고 싶었던 나의 이런 고민은 한동안 답을 찾지 못했다. 용돈을 받으면 4개의 저금통에 나눠 넣고 이미 돈의 쓰임을 정해서 쓰고 있는 아이들이다. 그래서인지 굳이 사지 않아도 되는 것에도 돈을 썼다. 저축과 투자, 기부를 위한 돈을 따로 모으다 보니 일종의 보상 심리로 쓰는 돈에 있는 돈만큼은 막 써도 된다는 생각인 듯했다. 며칠 동안 이어지던 나의 고민은 다시 처음 아이들에게 했던 질문으로 돌아가서야 답을 찾았다. 돈이 많으면 뭘 하고 싶으냐는 나의 질문에 두 아이의 답은 달랐지만 결국은 같은 내용이었음을 깨달았다. 포켓몬 카드 왕창 사서 남들에게 과시함으로써 부러움의 대상이 되고 싶었던 서진이와 휴대전화를 목에 걸고 놀이터에 뛰어나가 뽐내고 싶은 서윤이의 마음. 바로 '자랑'이다.

소비의 주체는 남이 아닌 나 자신이어야 한다. 당연히 내 돈 내가 쓰지 남을 위해서 쓸까 싶지만, 생각보다 남을 위해 쓰고 있는 경우가 많다.

'이번에 새로 산 가방 들고 모임에 나가면 다들 나를 쳐다보겠지?'

'그 식당 코스요리 이런저런 각도로 예쁘게 찍어 SNS에 올리면 보는 사람마다 부러워하겠지?'

남들에게 내보이고 싶은 소비는 결국 내가 아닌 다른 사람을 위한 것이 된다. 모든 소비의 주체가 타인이 되면 돈맛을 제대로 알기 어렵다. 돈과 바꾼 선택지에 대한 기쁨을 제대로 느끼려면 그 대상은 오로지 '나'여야 한다는 생각이다. 굳이 다른 사람의 시선과 부러움을 내 선택에 끼워 넣을 필요가 없는 것이다. 자랑할 일 없는 소비를 하면 돈은 오로지 나의 필요에만 집중할 수 있게 된다.

아이들에게 돈 쓰는 참맛을 깨닫게 해 주기 위해 돈을 쓸 때마다 '자랑 금지' 조건을 단다. 자랑할 일 없어진 우리 집 두 녀석의 소비패턴은 그 뒤 심심할 정도로 단순해졌다. 용돈 대부분이 슈퍼마켓에서 쓰이는 부작용 아닌 부작용이 생겼지만 더 이상 친구들에게 자랑하기 위해 무언가를 사진 않는다.

지금은 비록 슈퍼마켓에서 대부분의 용돈이 쓰이고 있지만 자신을 위해 쓰이는 찐 '돈맛'을 알게 될 아이들의 내일이 기대된다. 언젠가 슈퍼마켓을 벗어나 자신을 성장시키고 채우는 데 쓰일 돈의 진짜 맛을 알게 되지 않을까.

다른 사람의 부러움을 위해 소비하지 말자. 내가 중요하다고 생각하는 것이 무엇이고, 내게 도움이 되는 것이 어떤 것인지 알기 위해 노력하기에도 모자란 돈과 시간이다. 다른 이들에 대한 평가와 기대를 내려놓을 수 있다면 돈 쓰는 맛을 제대로 알게 될 것이다.

자랑하려 '내보이고' 싶은 돈이 아니라 진짜 '내가 보이도록' 성장하고 찾는 데 소비되는 돈이야말로 더 짜릿한 맛을 선사해 줄 것이다. 자랑이라는 거품을 거둬낸 뒤 비로소 느낄 수 있는 진짜 돈의 의미와 영향을 아이들이 제대로 알아갔으면 좋겠다.

3

행복한 아이는 경제 공부로 완성된다

우리 나이로 11살, 초등학교 4학년이 되면 수학 시간에 '조' 단위까지의 숫자를 배운다. 서진이도 얼마 전에야 '조'라는 숫자가 있다는 걸 알게 되었다. 기껏해야 백만 단위까지만 알던 아이는 숫자의 자릿수가 일곱, 여덟, 열두 자리까지 늘어나자 헷갈리기 시작했다. 대체 이렇게 긴 숫자를 누가 쓰냐며 매일같이 투덜거렸다. 서진이의 불평을 듣고 있다가 마침 그날 아침 경제 신문을 펼쳐서 기사 하나를 보여주었다. <추가경정예산 16조 6,000억 원 추가 투입>. 그 밖에도 주식시장의 변동으로 애플 시가 총액 몇천억이 사라졌다는 기사, 우리나라 기업이 미국 현지 공장 설립으로 수조 원을 투자하기로 했다는 내용까지 신문을 넘길 때마다 나오는 몇조, 몇천억 단위의 숫자를 눈으로 확인시켜주었다.

서진이는 깜짝 놀라며 "엄마! 이게 다 돈이었어?"라고 물었다. 그게 대체 무슨 말이냐고 되물었더니 그저 큰 숫자인 줄로만 알았지 돈 세는 단위가 될 수 있다고 생각해 본 적 없다고 했다. 하긴 녀석 수준에 가장 큰돈은 기껏해야 백만 원, 천만 원 정도일 텐데 수학 교과서에 나오는 숫자만큼의 돈이 상상이 안 될 수도 있겠다 싶었다.

서진이는 책상 앞에 멀뚱히 앉아 있다 갑자기 뭔가 떠올랐는지 조 보다 더 큰 단위도 있냐고 묻는다. '경'도 있고 '해'도 있다고 답했다. 여전히 놀란 녀석은 더 이상 묻지 않았다.

며칠 후 학교를 마치고 헐레벌떡 뛰어 들어온 녀석이 나를 찾더니 대뜸 아승기와 불가사의를 아느냐고 물었다.

서진: 엄마, 아승기랑 불가사의 알아?

나: 알지. 이승기. 연예인이잖아. 이승기가 왜 불가사의인데?

서진: 이승기 말고 아승기 말이야!

알고 보니 '아승기'는 10의 56승을 뜻하며 아이러니하게도 수로 표현할 수 없는 가장 큰 수를 말한다고 한다. '불가사의' 또한 가늠할 수 없는 큰 수를 말하는데 아승기보다 더 큰 수이며 10의 64승이나 된다고 했다. 엄마가 알려준 가장 큰 숫자는 해인데 그보다 더 큰 숫자가 있다는 것을 알게 된 녀석이 내게 아는 척을 하고 싶었던 모양이다.

"엄마 그럼 전 세계에서 돈이 가장 많은 사람은 불가사의만큼 있을까?"

세계에서 가장 부유한 나라인 미국의 1년 예산이 1,000조 원 정도인데 모르긴 몰라도 세계 제일 부자라도 불가사의만큼은 없을 거라고 답했다. 문득 갑자기 생겨난 호기심에 그 자리에서 아이와 함께 불가사의보다 더 큰 숫자가 있는지 인터넷 검색으로 찾아봤다. 가장 큰 숫자를 찾다 보니 구골(googol, 10의 100제곱)과 구골플렉스(googol flex, 10의 구골제곱)가 나왔는데 알고 보니 우리가 아는 인터넷 검색 사이트 구글(google)의 이름도 여기에서 나온 것이라고 한다. (고등학교 수업 시간에 이 숫자에 매료된 창업자 래리 페이지가 방대한 정보를 얻는 것은 물론 인터넷 세상의 무한한 정보를 체계화하겠다는 뜻으로 회사의 이름에 이 단어를 쓰려고 했다. 그러나 이름을 헷갈리는 바람에 구글이 되었다고 한다.)

수학책 속 숫자가 돈으로 연결되고 돈 이야기가 경제 규모로 이어졌다. 생각해보면 매번 그랬다. 학원비가 올라 함께 인플레이션을 이야기할 때도, 주식을 사 모으며 자신들의 꿈 이야기를 펼칠 때도 이번처럼 자연스럽게 경제로 연결되었다. 억지로 끼워서 맞추려고 하지 않아도 자연스레 모든 연결고리가 돈과 경제 이야기로 이어졌다.

이야기를 나누다 보면 주제와 상관없는 엉뚱한 결론으로 마무리될 때도 많지만, 그 엉뚱함마저 쌓이고 쌓여 아이들의 생각을 키우고 넓힌다. 학원비 인상의 인플레이션 이야기가 디스플레이로 변하고, 수학책의 '조'가 세계 제일 부자의 재산에 대한 불가사의로 남겨지더라도 아이들은 돈과 경제가 우리 생활과 뗄 수 없다는 것을 자연스럽게 익히게 된다. 그로 인해, 돈은 언제 어디서든 필요한 것이며 우리 삶 자체가 경제 활동이라는 것을 알게 된다.

수학 문제집 마지막 문제의 답으로 9,999조를 쓰며 연필을 내려놓은 서진이가 책상에서 몸을 돌리며 내게 말했다.

서진 : 엄마, 학교에서 왜 '조' 이상을 안 가르쳐 주는지 알아?
나 : 글쎄, 애들 머리 아플까 봐 그러나?
서진 : 내가 생각해봤는데 사람의 욕심은 우주만큼이나 끝이 없잖아. 그래서 지구 안에서 살려면 '조'까지만 욕심을 부리라는 뜻 아닐까?
나 : 그런 게 어디 있냐? 그럼 경, 해 그리고 네가 말한 아승기와 불가사의는 왜 있는 건데? 숫자와 돈은 무한하니 누구든 열심히 해서 많이 가지라는 뜻일걸?

녀석의 말에 반격하고 나섰다. 한계 없는 숫자처럼 돈 또한 무한대로 가질 수 있는 거라고 나의 욕심을 내비치는 답을 했다. 그랬더니 녀석의 말이 아승기와 불가사의 같은 건 돈 셀 때 쓰라고 있는 게 아니란다. 돈보다 크고 중요한 사람 마음의 크기를 세는데 필요한 단위라고 했다. 그런 이유로 세계 제일 부자도 조 만큼만 돈을 가졌을 거라는 생각도 덧붙였다. 학교에서도 마음보다 돈의 크기를 키우지 말라는 의미로 '조' 까지만 가르치는 것 같다고 엄마를 부끄럽게 만드는 마무리를 했다.

돈 교육 시작할 때 걱정이 컸다. 대놓고 하는 돈 이야기에 아이들이 말끝마다 '돈돈'거리는, 돈밖에 모르는 사람이 될까 봐 이야기 하나하나가 조심스러웠다. 돈보다 더 큰 사람의 마음과 행복을 세기 위해 조 이상의 단위를 쓰는 거라는 아이의 말에 묘한 기분이 들어 울컥하기까지 했다. 돈을 바르게 전달하고 싶었던 엄마의 철학을 조금은 이해해주는 것 같아 기뻤다. (실제로 아승기와 불가사의는 불교에서 쓰이는 용어로 수의 단위보다 길고 긴 시간을 뜻할 때 더욱 많이 쓰인다고 한다.)

아쿠아리움과 주식, 중고가격과 수요공급, 아르바이트와 용돈 등 앞서 이야기한 모든 경제 이야기에 아이들의 에피소드가 빠진 것이 없다. 아이들이 커가면서 쌓이는 추억 속에 경제 공부도 함께 자리했다. 꿈을 키우며 돈을 모으고, 그 꿈을 펼칠 세상을 알아가며 경제와 돈을 배워나간다. 그리고 이제, 그 안에서 몸과 마음의 크기를 키워나가는 아이들을 보며 돈 교육을 시작할 때의 조마조마했던 마음을 조금은 내려놓아 본다. 돈 공부가 곧 세상 공부, 마음공부였음을 깨달으며 말이다.

서진이가 푼 수학 문제의 답은 9,999조가 아니라 9,999억이었다. 빨간 색연필로 빗금을 그으며 다시 풀어보라고 녀석에게 문제지를 건넸다. 잠시 뒤 내가 그은 사선을 연결해 별표를 만들어 온 녀석은 정답 칸 옆에 엄마의 마음을 간질이는 수줍은 메모를 남겼다.

'☆ 9,999억인 수학 문제는 틀려도 엄마를 불가사의만큼 사랑하는 내 마음은 정답!'

수학 오답 앞에서도 여전히 당당한 11살 아들의 사랑 편지에 이번만은 나도 답장을 끄적였다.

'일, 십, 백, 천, 만, 억, 조, 경, 해, 자, 양, 구, 간, 정, 재, 극, 항아사, 아승기, 나유타, 불가사의, 무량대수. 우주의 무한한 수만큼 엄마도 사랑해!'

덩달아 행복한 내 노후

지나온 시간을 돌아보며 과거 이야기할 때 사람은 두 부류로 나뉜다. 첫째는 젊은 시절 화려했던 삶을 이야기 하는 경우로 '내가 한때는 말이야~'로 시작한다. 소위 말해 잘나가던 시절 이야기를 늘어놓는 경우이다. 반대로 두 번째는 '내가 참, 젊을 때 고생 많이 했지.'로 시작하며 아련한 눈빛으로 옛 시절을 꺼내는 경우이다. 짐작했겠지만 첫 번째 이야기의 끝은 늘 씁쓸하다. 그렇지 못한 지금 처지를 잘나가던 시절에 대한 추억으로 포장하고 싶은 경우가 많기 때문이다. 그에 반해 두 번째는 젊은 시절 고생을 이제는 웃으며 이야기할 수 있을 만큼 여유로워진 경우이다. 이 사실을 알게 된 후 이야기의 시작에 따라 상대의 현재를 짐작하는 나만의 기준법이 되었다.

누구나 나이가 든다. 한 해 한 해 자신만의 이야기를 만들어간다. 오십이 넘고 육십이 넘었을 때 나는 어떤 이야기를 하는 사람이 될까? 모르긴 해도 '내가 한때는 말이야'로 시작하는 사람이 되고 싶지는 않았다.

재테크 강의를 들으러 가면 빠지지 않고 나오는 단골 레퍼토리가 있다. 〈노후 파산〉, 〈대한민국 노인 빈곤율 OECD 최고 수준〉. '길어지는 수명만큼 삶을 영위할 돈도 더 많이 필요하다. 투자는 더 이상 선택이 아닌 필수다.'라는 말과 함께 폐지가 가득 담긴 손수레를 끄는 노인의 영상이 이어지며 강의가 시작된다. 막연히 생각했던 나의 노후는 은퇴한 남편과 손잡고 해외여행을 하거나, 평일 오후 느긋하게 전망 좋은 카페에서 책을 읽는 모습이었다. 그러나 대한민국 노인 둘 중 하나는 빈곤층이 된다는 말에 그게 나일지도 모른다는 생각이 들었다. 충격이었다. 영상 속 힘겨운 노인이 곧 닥칠 내 모습일까 두려웠다. 충격에 빠진 당신들을 구할 수 있는 건 이 강의밖에 없다는 은근한 명제가 깔린 재테크 수업을 듣다 보면 너도나도 강사의 말에 귀 기울이며 더욱 열심히 수업에 임한다.

부동산 공부를 하는 것도 주식을 사는 것도 다 좋다. 연금 상품에 가입하고 각종 투자도 하며 미리미리 준비해서 넉넉한 노후생활을 할 수만 있다면, 누가 뭐래도 아무것도 하지 않는 것보다는 훨씬 나을 테다. 그러나 개인적으로 노후를 위한 최고의 재테크는 그 어떤 투자 상품보다 바로 '나 자신'이어야 한다는 생각이다.

우리나라 정년퇴직 나이는 만 60세이다. 그러나 실질적으로는 정년을 다 채우지 못하고 대부분 55세 정도면 일을 그만둔다고 한다. 55세면 아직 무슨 일이든 거뜬하게 해낼 수 있을 것 같지만, 의지와 다르게 현실에서는 그 나이쯤의 직원은 더 이상 필요로 하지 않는 것이 사실이다.

회사를 그만두고 나면 처음에는 평생의 수고를 보상받고 싶은 마음에 아무것도 하지 않고 푹 쉬고 싶다고 한다. 그러나 우리 부모님을 비롯해 주위의 어른들은 얼마 뒤 하나같이 다시 말했다. 3개월이 지나면 노는 것도 지겹다고. 3개월도 지겨운 데 30년을 어떻게 보내야 할지 막막하다고 했다.

어느 날 중학교 동창인 민정이를 만났다. 마침 나의 생일이었고 친구는 생일 선물로 내게 나무 도마 하나를 선물로 주었다. 예상치 못한 선물에 당황하자 민정이 말이, 은퇴한 아빠가 목공 일을 취미로 한다고 했다. 처음에는 집에만 있기 답답하고 매일같이 쏟아지는 엄마의 잔소리를 피하려고 나가는 줄 알았는데 알고 보니 은퇴 전부터 틈틈이 일을 배우고 있었다고 한다. 동네 은행의 지점장이었던 민정이 아빠의 옷에는 언제부터인가 톱밥이 가득했다고. 은퇴한 지 2년쯤 지난 이제는 제법 솜씨가 좋아져 이것저것 만들어 인터넷 사이트에서 판매도 하는데 그중 나무 도마의 인기가 제일 좋다며 내게 건네는 것이다. 주문도 꾸준히 들어오는 편이라 아빠 용돈 정도는 거뜬히 번다고 내심 자랑스럽게 말한다. 평생 은행 책상에 앉아 있던 아빠였지만 늘 직접 손을 사용하고 몸을 움직이는 일을 하고 싶어 하셨단다. 은퇴 후 목공 일을 시작한 뒤, 아빠가 요즘처럼 행복해하는 걸 본 적이 없다며 덩달아 행복해하는 친구의 얼굴이었다.

내 나이 오십, 육십이 넘으면 나도 이렇게 이루지 못한 꿈 이루며 살고 싶다. 누구나 가슴속에 품고 있는 꿈 하나쯤 있을 것이다. 그 꿈이 무엇이든 내 인생 후반부에는 해봐야 하지 않을까? 평생 하기 싫은 일 마다하지 않으며 직장에 매달렸을 테다. 내가 하고 싶었던 일, 미리 준비하고 배워서 은퇴와 동시에 시작해보면 어떨까? 그리하여 회사에서 '그동안 감사했습니다.'라고 마침표 찍으며 나를 보낼 때, 미련 없이 당당히 돌아서면 좋겠다. 새로 시작될 진짜 내 삶에 기다렸다는 듯이 '안녕?'하고 반갑게 인사 건넬 수 있으면 좋겠다.

취미가 일이 되면 안 된다는 건 돈벌이로 전락할 때나 맞는 말이라는 생각이다. 내가 하고 싶었던 일, 평생 즐길 수 있는 일을 하며 소소한 용돈벌이라도 할 수 있게 된다면 의미 있고 행복한 삶이 되지 않을까? 최고의 재테크는 은퇴를 최대한 늦춰서 현역을 오래 유지하는 것이 아닐까 하는 생각해본다. 목공 일 하며 새로운 현역 생활을 이어가고 있는 민정이 아빠처럼 말이다. 매일 해야 할 일이 있다는 것만으로도 무료한 노후에 삶을 살아가는 충분한 이유가 되어줄 것 같다.

죽음을 맞이한 사람들에게 '인생에서 가장 후회되는 것'이 뭐냐고 물었더니 지나치게 다른 사람을 의식하며 산 것이라는 설문조사의 결과를 본 적 있다. 나보다 다른 이들 생각에 더 많은 시간을 쏟았다는 데 대한 아쉬움이었으리라. 눈치 보지 말고 더 이상의 아쉬움과 후회 남기지 말고 인생 후반에 주어진 시간이 선물 같은 날들이 될 수 있도록 미리 준비하려 한다. 노후를 위한 최고의 투자는 바로 '나'에 대한 투자여야 한다는 나의 믿음이 이루지 못한 꿈을 연결해주는 최고의 방법이길 바란다. 당당하고 우아한 노후를 위한 재테크, 은퇴 없는 인생을 위해 오늘도 나에게 투자하는 작은 시간을 가져본다.

결국은 돈 때문이 아니라 돈 덕분이다

처음에는 그저 돈만 많았으면 싶었다. 돈만 많으면 훨씬 행복할 것 같고 더 즐거운 삶을 살 수 있을 것이라는 확실한 믿음이 있었다. 돈 없어서 불행하다는 사람은 봤지만, 돈 많아서 슬프다는 사람은 본 적 없었기에 돈은 나의 인생을 업그레이드해 줄 수 있는 최고의 도구라고 생각했다. 편협한 생각에 갇혀 있던 나를 조금씩 울타리 밖으로 꺼내 준 건 다름 아닌 수많은 책이었다. 그리고 부끄럽지만 직접 부딪히고 깨지면서 알게 된 경험들이 더해져 아이들에게 해 줄 이야기가 생겼다.

내가 아이들과 하는 돈에 관한 이야기들을 읽으며 아직 현실 파악 못하는 엄마라고 생각할지도 모르겠다. 나 역시 사교육 대신 아이들과 책 읽고, 보드게임으로 돈 세고, 알파벳 A, B, C 대신 인플레이션과 환율에 관해 이야기하는 게 더 나은 것이라 장담할 수 없다. 다만 자본주의사회에 살면서 아직도 자녀에게 돈과 경제를 가르치지 않는다는 건 나보다 더 잘 살기를 바란다는 바람과 기도만 할 뿐 그래서 어떻게 해야 하는지 알려주지 않는 것과 같지 않을까? 전쟁에 나간 자식이 살아 돌아오기를 매일 기도하지만 총 쏘는 법을 안 가르쳐주고 보내는 것과 뭐가 다를까?

일주일에 한 번 아니, 한 달에 한 번만이라도 가족이 모여서 돈에 관한 이야기를 나누고 경제에 대해 고민해본다면 우리 아이들만큼은 어른이 되었을 때 나처럼 돈에 대해 무지하지 않고 덜 힘들지 않을까? 돈 공부를 하면서 가장 많이 했던 생각은 '좀 더 일찍 돈에 대해 알고 배웠더라면 얼마나 좋았을까? 왜 이런 교육은 학교에서 가르쳐주지 않는 걸까?' 하는 생각이었다.

예전에 비하면 학교에서도 경제 교육에 관심을 기울이고 있다. 많은 강의와 좋은 자료들이 유튜브나 인터넷에서 수없이 공유되고 있고, 올바르게 돈을 가르치는 훌륭한 분도 많다. 아이들과 함께 영상을 찾아봐도 좋고 즐겁게 게임을 하며 돈에 대한 좋은 기억을 심어주는 것도 좋다. 그리고 이러한 공부가 이론에 그치지 않고 실전 경험까지 더해진다면 비로소 진짜 돈 공부가 완성될 수 있다.

노트에 쓰고 암기만 하는 건 지식만 쌓는 것과 같다. 돈은 지식보다 지혜를 가진 사람을 더 좋아한다. 학교 성적과 부자의 상관관계가 이루어지지 않는 이유가 여기에 있다.

돈이 실제 생활에 쓰이는 살아있는 물질이라는 것을 기억하고 은행에 갈 때, 주식 창을 볼 때, 심지어 마트나 시장에 갈 때도 아이들과 함께하며 살아있는 돈을 느끼게 해주자. 머릿속에만 있는 지식이 아니라 매 순간 부모와 함께 느끼고 깨달은 경험을 바탕으로 돈에 대한 지혜를 쌓아갈 기회를 만들어주자. 경험을 쌓는 과정마다 두려움이 따르겠지만 부모와 함께라면 아이들은 든든함을 느낄 수 있을 것이다.

우리 아이들이 어른이 되었을 때는 부디 빚에 허덕이지 않고, 잘못된 투자로 고통받지 않는 그야말로 모든 부모가 바라던 나보다 행복하고 잘 살게 되면 좋겠다. 돈이 많다고 행복한 것은 아니지만 돈 없이는 행복할 수 없다는 자본주의의 분명한 사실을 깨달았으면 좋겠다.

돈 때문이라고 생각했다. 돈복 있는 사람은 따로 있다고 믿었다. 이런 나의 믿음까지는 상관없었다. 그런데 훗날 우리 아이들마저 이런 생각을 할까 봐 겁이 났다. 아이들이 나와 똑같은 마음으로 살아가게 될까 봐 무서웠다. 그게 아니라고 말해주고 싶지만 '엄마도 그랬잖아.'라고 하면 할 말이 없을 것 같았다.

나보다 나은 삶을 살길 바라며 시작한 돈 이야기이다. 그런데 할수록 알게 된다. 아이들과 내가 하는 이야기가 돈이 아니라 돈을 대하는 우리의 이야기라는 것을. 돈으로 시작한 이야기가 돌고 돌아 결국은 돈을 향한 사람들에 관한 이야기임을 깨닫는다. 모든 경제의 중심에는 사람이 있고, 그 사람들 주위를 돈이 돌고 있다는 것을 알게 된다. 돈을 벌려면 사람 공부를 해야 한다는 말의 의미를 이렇게 돌고 돌아서야 깨닫는다.

아이들이 돈과 경제를 배우며 그 누구보다 자신이 어떤 사람인지 알아가길 바란다. 돈과 경제를 이야기하는 속에서 자기 생각을 찾아내고 스스로 깊이 들여다볼 수 있는 시간이길 기대하는 엄마의 마음이다.

결국 돈으로 완성하고 싶었던 인생의 품격은 스스로 만들어 나가야 하는 것임을 알았다. 인생에 있어 돈이 가져다주는 진정한 가치와 행복, 그것을 알아볼 품격 있는 '사람'이 먼저 되어야 함을 배운다. 지금의 시간이 훗날 돈 앞에서 흔들리거나, 모든 일을 돈이라는 핑계로 돌리지 않을 당당한 사람으로 만들어 줄 것이라 믿는다.

돈은 그냥 물질이 아니라 세상을 건너는 다리이자, 도저히 닿을 수 없을 것 같은 지점에 닿게 해주는 티켓이자, 사람들 속으로 당당하게 외출할 수 있도록 어깨에 힘을 넣어준다는 어느 책 속 글귀처럼 우리 아이들이 눈부신 골든티켓을 들고 그 어떤 세상에서도 당당하게 돈과 마주하며 살아가면 좋겠다.

돈이야말로 나를 채우고 알아가는 훌륭한 공부임을 깨달은 엄마는 돈 때문이 아니라 돈 덕분에 행복할 아이들을 위해 오늘도 큰 소리로 외쳐본다.

"엄마랑 돈 공부할 사람? 손!"

마무리 글

아이들에게 돈과 경제 이야기를 자주 하다 보니 하나둘 에피소드가 쌓였다. 웃으며 가볍게 시작한 이야기가 생각지도 못한 결론에 이르기도 하고, 한 해 한 해 성숙해져 가는 아이들의 대답에 오히려 부모로서 배운 적도 많다.

무심코 지나칠 수 있는 수많은 생활 속 이야기와 돈에 대한 내 생각을 이 책에 담았다. 누구나 부담 없이 읽으며 편하게 돈 이야기했으면 하는 바람에 그 흔한 경제 그래프나 도표조차 쓰지 않았다. 사람마다 원하는 돈의 양과 성격이 다름을 알기에 우리 집 돈 교육이 정답이 아닐 수도 있다. 다만 이런 소소한 이야기를 나누면서도 얼마든지 즐겁게 돈과 경제를 알릴 수 있다는 것을 말하고 싶었다. 그리고 그 이야기들 속에 숨어있는 돈보다 더 가치 있는 '진짜'가 어떤 것들이 있는지 각자 찾아내길 바랐다.

수백, 수천억 부자쯤 되어야 돈 이야기를 할 수 있는 거 아니냐고 반문하는 사람 있을 수도 있다. 그러나 수백, 수천억 부자 되기 전에 우리 아이들이 돈에 대해, 자본주의에 대해 먼저 제대로 알고 시작했으면 좋겠다는 마음이다. 그 누구도 아닌 엄마라서 해줄 수 있는 돈에 관한 이야기를 들려주고 싶었다. 가정에서 제일 먼저 올바른 돈 교육을 시작했으면 좋겠다고 생각했다. 나 또한 배우고 알아가는 과정이라 완성형은 아니지만 그렇기에 오히려 가벼운 마음으로 아이들과 마음껏 돈 이야기할 수 있었다. 그러면서 어느 순간 둘러보니 우리 생활 모든 면이 경제이고, 삶 곳곳이 돈이었다. 따로 인문학과 철학을 배우지 않아도 모든 것이 연결되는 신기한 순간이었다.

무엇보다 돈이라서 민감하고, 직접 대놓고 할 수 없는 이야기들도 많았지만 결국 돈에 대한 자신만의 기준을 세우는 일 중요하다고 말하고 싶다. 돈에 대한 목표와 철학을 바로 세우는 일. 돈 공부하는 모든 사람이 우선순위로 놓았으면 한다. 부모가 깨우친 돈에 대한 올바른 인식과 가치를 우리 아이들에게 고스란히 전해주면 좋겠다.

이런 목표와 철학을 바탕으로 아이들과 꼭 함께했으면 하는 세

가지 돈 이야기가 있다.

첫 번째는 그 어떤 경우라도 돈에 대한 부정적인 말을 입에 담지 않길 바란다.

돈복이 없어서, 돈 때문에, 돈만 있었더라도 같은 말을 우리 아이들마저 하길 바라는 부모 없을 것이다. 부모인 나부터 돈에 대한 부정적인 인식과 말을 거두어야 아이들도 배우게 된다. 돈 많은 부자가 되길 바라면서 돈을 싫어하는 모습을 보여주는 건 아이가 공부하길 바라면서 책 대신 게임기를 손에 쥐여 주는 것과 같다. 돈 때문이라는 핑계 대신 문제 속에 있는 사람과 상황을 바로 세울 수 있는 교육을 했으면 한다.

두 번째, 아이들에게 결정권을 주자.

초등학생이면 비교가 가능한 나이이다. 더 좋은 것을 선택할 수 있는 우선순위와 가치를 생각할 수 있다. 부모가 하나부터 열까지 다 해주려는 마음을 조금은 내려두고 아이들에게 선택권을 넘겨보자. 교육비도 용돈도 돈의 주체인 아이들에게 금액을 알리고 선택할 수 있게 한다면 그것만으로도 돈에 있어 훌륭한 조력자이자 부모의 역할을 하게 될 테다.

세 번째, 재미있고 쉽게 하자.

아무리 좋은 것도 어렵고 힘들면 하지 않게 된다. 돈도 마찬가지이다. 아이들이 돈과 경제에 친숙해질 수 있도록 쉽고 재미있게 이야기를 나누면 좋겠다. 이 책에서 언급한 독서 모임을 해봐도 좋고, 보드게임을 하면서 집을 구해봐도 좋다. 함께 마트도 다니고,

주식 창도 보고, 부동산도 가면서 게임처럼 내기처럼 즐기면서 친숙해지면 어떨까 싶다. 어릴 적부터 아이들과 나눈 이야기와 시간이 쌓이면 더 이상 돈과 경제는 어렵고 피하고 싶은 주제가 아니게 된다. 가족과 함께 쌓은 행복한 기억으로 다시 태어날 수 있을 것이다.

비록 화려한 성공 이야기도, 투자를 잘하는 방법에 관한 이야기도 아니지만, 아이를 키우며 했던 돈에 대한 걱정을 조금이라도 함께 나누고 싶었다. 정답이 아니어도 괜찮으니, 이렇게 나처럼 당당하게 돈 이야기하며 노는 엄마도 있으니 당신도 그렇게 해 보라고 말해주고 싶었다. 내 아이들이니 누구보다 아이들을 잘 아는 엄마인, 그리고 아빠인 당신이 돈 이야기를 먼저 시작했으면 하는 마음에 글을 썼다.

어디서부터 시작해야 할지 몰라 막막하기만 하던 이야기들을 하나둘 풀어쓰다 보니 어느새 이렇게 끝을 맺게 된다. 우리 아이들이 사회에 발을 내디딜 땐 더 이상 돈에 무지하지 않고 맹목적으로 돈만 좇지 않는 성숙한 성인으로 자리했으면 한다.

나와 당신의 아이들이 자본주의사회에서 당당하게 커 나가길 진심으로 응원한다.

자본주의 키즈 이야기

초판인쇄 2023년 1월 4일
초판발행 2023년 1월 10일

지은이 황혜민
발행인 조현수
펴낸곳 도서출판 프로방스
기획 조용재
마케팅 최관호 최문섭
편집 강상희
디자인 호기심고양이
일러스트 초이선비, 풋윤

주소 경기도 고양시 일산동구 백석2동 1301-2
넥스빌오피스텔 704호
전화 031-925-5366~7
팩스 031-925-5368
이메일 provence70@naver.com
등록번호 제2016-000126호
등록 2016년 06월 23일

정가 16,000원
ISBN 979-11-6480-289-0 03810